女王陛下と呼ばないで

柏 てん

20520

角川ビーンズ文庫

Contents

スチュワート
（マクニール公）
国王の末息子で
次期国王候補のひとり。
華やかな俺様王子様。
フランチェスカ・ファネル
（フラン）
リンドール王国を治める
国王・ウィルフレッド一世の孫娘。
チェス大好き・おうち大好きのひきこもり。
characters

女王陛下と呼ばないで

シアン（モラン侯）

国王の第一王子を父に持つ、
次期国王候補のひとり。
皮肉屋で、スチュワートとは仲が悪いらしい。

アーヴィン（ラックウェル伯）

国王の甥、次期国王候補のひとり。
騎士団の団長をつとめる。

Illustration ✦ 梶山ミカ

本文イラスト／梶山ミカ

プロローグ◆ひきこもり姫の聖戦

家が好き。

自分の部屋が好き。

だからここから一生出たくない。

お父様お母様分かっているわ。いつかは私も誰《だれ》かと結婚《けっこん》しなくちゃいけないってこと。

でもそれまではせめて、こうしていさせて――……。


私の名前はフランチェスカ。

フランチェスカ・ファネル、十八歳。

国王の息子《むすこ》であるファネル公爵《こうしゃく》を父に持ち、その長い治政から栄光王と呼ばれるウィルフレッド一世の孫。

血筋で言えば完全無敵の公爵令嬢《れいじょう》というやつだ。

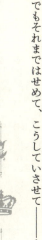

でも私は、外に出るのが苦手。

おうちにひきこもって、読書したりチェスの新しい手を考えるのが好き。

大体、こんな女は外に出ない方がいいのだ。

緊張《きんちょう》すると、上手《うま》く笑顔《えがお》が作れなくて無表情になってしまうという悪い癖《くせ》。

でも人見知りだから、知らない人がいるとすぐに緊張してしまう。無表情でいると怒《おこ》っているように見えるらしく、下手に爵位《しゃくい》が高いせいか周囲を威圧《いあつ》してしまう。

そんなつもりは全然ないのに。私だって皆《みんな》に交じってうまくやりたいだけなのに。

でもそれができないの。出来損《そこ》ないの娘《むすめ》なの。

昔言われた、「変な顔」って言葉。

その顔を見せるのが恐《こわ》くて、外に出られなくなった。

最初の頃《ころ》は辛《つら》くて辛くて泣き暮らしていたけれど、最近ではもう吹《ふ》っ切れた。このまま外に出なければいいのだ。そうすれば誰も怖《こわ》がらない。誰も困らせなくて済む。

だから――このままでいいのだ。

それに外に出なくても、家の中に楽しいことはたくさんある。

例えば図書室にあるお父様の蔵書を読むこと。

特に異国の旅行記なんかを読むのが好きだ。それがきっかけで異国語だって読むことができる。まあ、喋《しゃべ》ることはできないけれど。

問題があるとするなら、いつかは結婚しなくてはいけないということ。でも社交界にもひきこもりの悪評が広まっているのか、求婚《きゅうこん》の申し出もないのだから仕方ない。

コンコン。

そんなことを考えていたら、入り口からノックの音がした。入ってきたのは侍女《じじょ》のメアリーだ。

私はチェスのボードに対して、前かがみになっていた体勢を改める。

背筋を伸《の》ばしてないと、メアリーに怒られてしまうから。

「お嬢様《じょうさま》。お手紙ですよ」

と、そう言うメアリーの顔には満面の笑み。

てっきり悪い姿勢でいたことを咎《とが》められるかと思ったのに、彼女は気にするそぶりすら見せない。

一体なんだろうかと封筒《ふうとう》を裏返してみると、そこには見慣れた封蠟《ふうろう》が捺《お》されていた。

「お祖父《じい》からだわ！」

「今開けますから、少々お待ちくださいね」

そう言うと、メアリーはペーパーナイフを使って綺麗《きれい》に封を開けてくれた。

わくわくと待ちきれず、早くちょうだいとばかりに手を伸ばす。

「お嬢様、お行儀《ぎょうぎ》が悪いですよ」

苦笑《くしょう》しながらも、その手紙を私がどれだけ待ちわびていたか知っているメアリーは、そっと手紙を手のひらの上に載《の》せてくれた。

あて名もサインもないけど、封蠟は見慣れた双頭《そうとう》の獅子《しし》。

(お祖父様の紋章《もんしょう》!)

それは同時に、リンドール王国の国章でもある。

震《ふる》える手で中を見ると、出てきた便箋《びんせん》には見慣れた筆跡《ひっせき》でたった一言。

〝resign〟の文字が記されていた。

「やったわ!」

私は思わず、近くにいたメアリーに抱《だ》き着いた。

「わあ! どうなさったんですか? お嬢様」

「勝ったのよ遂《つい》に! お祖父様にチェスで!」

リザイン——それは投了《とうりょう》を意味する。

先の先まで読み切った指し手が、自分の勝つ目はないと諦《あきら》めて口にする言葉。

お忙《いそが》しいお祖父様とは、小さい頃からずっと手紙を使って何度も対局してきた。便箋にたった一手を書き記し、次の手はまだかと手紙を待つ日々。

万年屋敷《やしき》にひきこもっている私にとって、それは唯一《ゆいいつ》の外界との関《かか》わりと言ってよかった。

次の一手を考えている時、私は世間から隔絶《かくぜつ》されている孤独《こどく》を感じなくて済んだ。

手加減を知らないお祖父様には、小さな頃からずっと負け越《こ》していたけど。今まで数えきれないほど対局をしたけれど、勝ったのは初めてだ。

チェスは引き分けの多いゲーム。

大人になって五回に三回までなら引き分けに持ち込めるようになっていたけれど、勝ったのは本当に初めてだった。

お祖父様はチェスの名手として知られていて、どんな対局でも一度も負けたことがない。栄光王という二つ名の他《ほか》に、チェスをする人たちからは不敗王という呼び名で呼ばれているぐらいだ。ちなみに、お祖父様は一度も戦争をしたことのない王なので、それはある意味事実とも合致《がっち》している。

「まあ、それはよろしかったですねえ」

ふんわりと微笑《ほほえ》むメアリーに、嬉《うれ》しくてぐりぐりと頭を押し付ける。

彼女は私より小さいので、自然に少し屈《かが》むような体勢になってしまうが。

「嬉しいのは分かりますが、せめて淑女《しゅくじょ》らしい喜び方をなさってください」

「だって、だってとっても嬉しいのだもの！　信じられない。あのお祖父様に勝つなんて……！」

「小さい頃からずっと負け越してらっしゃいましたもんね。さて、それはそれとして」

そう言うと、メアリーは押し付けられている私の頭をがしりと両手でつかんだ。

「ん？」

「いくらなんでも、そろそろお髪《ぐし》をとかしませんとね」

不敵な笑みを浮《う》かべる彼女と目が合う。

「え、えぇ⁉」

私の動揺《どうよう》などお構いなしに、メアリーは慣れた手つきで私を鏡台の前に座らせてしまった。

おそらく最初から、そのつもりでこの部屋にやってきたに違《ちが》いない。

鏡を見たくない私は、必死に彼女の手から逃《のが》れようとした。しかし幼い頃から私に仕えてくれているメアリーには、そんなことお見通し。

顔を隠《かく》すためにおろしていたくしゃくしゃの髪《かみ》が手早くまとめられ、櫛《くし》で丹念《たんねん》に梳《くしけず》られる。

「誰も見ないのだから、髪なんて整えなくても一緒《いっしょ》だわ」

鏡を見ないよう目を閉じながら愚痴《ぐち》ると、メアリーのため息が聞こえた。

「何度も言いますけど、お嬢様の赤い髪は本当にお綺麗です。きちんと手入れをしておかないと勿体《もったい》ないです！」

我が家の使用人たちは、皆こんな風にお世辞を言ってくれる。その気遣《きづか》いが逆に申し訳ないほどだ。

くしゃくしゃになっていた髪に櫛が通され、丹念に手入れされていく。

他人に触《さわ》られるのが苦手な私は、これがメアリーじゃなかったらおそらく大暴れしたことだ

ろう。

世話をされるのが当たり前な貴族令嬢《れいじょう》らしくないというのは分かっているが、無表情でいても意に介《かい》さない数少ない人の前でしか、私は思いのままに振《ふ》る舞《ま》うことができない。

メアリーは、そんな私が心を許せる数少ない相手なのだ。

「お嬢様はちゃんとしていればお美しいんですから、もっと身なりに気を遣《つか》ってくだされればいいのに」

メアリーの声音《こわね》は、嘆《なげ》かわしいというのを隠しもしない。

私は返す言葉もなく顔を伏《ふ》せる。

人見知りだから、見慣れない人間を私が嫌《いや》がるから、彼女が何から何まで一人でするしかなくて大変なことは分かっている。

なのにメアリーは嫌な顔一つせず、いつもこうして励《はげ》ましてくれるのだ。

(美しいはずがない。こんな無愛想《ぶあいそう》な女)

うっかり鏡を見ると、真っ白い顔をした女が情けない表情でこちらを見ていた。目の色は母と同じピーコックグリーン。一度絡《から》まると大変なことになる臙脂《えんじ》色《いろ》のくせっ毛は、メアリーの器用な手によってまとまってきてはいるものの。

「でも、ちゃんとしても見せる相手なんていないし……」

「少なくとも、旦那《だんな》様と奥様はお喜びになりますわ。それに、私は悔《くや》しくてならないのです。

美しくてお優《やさ》しいお嬢様《じょうさま》を、他家に見せびらかすことができないのが！」

握《にぎ》り拳《こぶし》を作る勢いで、メアリーが言う。

「ありがとうメアリー。お世辞でも嬉しいわ」

私がそう言うと、メアリーは肩《かた》を落として大きな大きなため息をついた。

「お嬢様が、何も分かってらっしゃらないことだけは分かりました。一体いつになったら自覚してくださるのやら……」

何が分かっていないのかと尋《たず》ね返そうとしたその時、部屋の外がばたばたと騒《さわ》がしくなった。

「なんでしょうか？　見てまいりますね」

メアリーが部屋を出ていく。

そしてしばらくすると、彼女は血相を変えて戻《もど》ってきた。

「大変ですお嬢様！　たった今陛下が崩御《ほうぎょ》なさったとの知らせがっ！」

彼女の悲鳴じみた言葉を理解するのには、かなりの時間が必要だった。

（陛下が……お祖父《じい》様が？　そんなはずないわ。だってさっき、お手紙を頂いたばかりだもの）

「嘘《うそ》よ……」

そう思うのに、メアリーの表情がそれは事実であると告げている。

じわじわと心に嵐《あらし》がやってきた。何も冷静には考えられなくなる。目の前が真っ暗になるような絶望と悲しみ。

咄嗟《とっさ》に、先ほど受け取ったばかりの手紙に目がいった。

お祖父様の優しさが、あの短い手紙にはいっぱい詰《つ》まっているのに。

そのお祖父様が――もういないなんてそんなことある筈《はず》がないのに――……。


私が知らなかっただけで、お祖父様は体調を崩《くず》して何ヵ月も前から寝台《しんだい》を離《はな》れられなくなっていたのだという。

物々しくおこなわれた葬儀《そうぎ》には、栄光王の死を悼《いた》んで大勢の人が詰めかけた。

喪服《もふく》に身を包んだ、人人人。大聖堂の床《ゆか》に敷《し》き詰められた黒のカーペット。

お祖父様を見送りたい一心で出席したものの、大勢の人たちがいる場所では息がつまってしまう。救いを求めて見上げたステンドグラスの向こうから、やけに晴れ上がった空の光が目を刺《さ》した。

(今日ぐらい、雨が降ればいいのに)

葬儀の黒に覆《おお》いかぶさる清々《すがすが》しい青が、いっそ憎《にく》く思えるような日だった。

葬儀の間、ベールの下で泣き続けた。泣いても泣いても涙《なみだ》が止まらない。お祖父様の死を知ったその日からずっと、嘆きと悲しみの底に沈《しず》んでいる。

私はずっと今のままでいいと思っていた、己《おのれ》の浅はかさを恥《は》じた。

最期《さいご》に一目お会いすることもできなかったのだ。そして体調を崩されても、心配を掛《か》けまいとお祖父様はそれを私に知らせなかった。

(せめて一言ぐらい、お見舞《みま》いを申し上げたかった……)

父と母が私にお祖父様のご不調を黙《だま》っていたのは、何も悪意があってのことではない。気弱な私がそれを知ったら、余計に心配し不必要なほどに取り乱すと分かっていたのだ。だから国王であるお祖父様の不調を、孫である私だけが知らないという情けない状況《じょうきょう》に陥《おちい》った。

(私がいけないんだ。頼《たよ》りない孫だから)

お祖父様を失ったことと、そのお祖父様に最後の最後まで気を遣わせてしまったという情けなさ。

そのどちらがより悲しいのか、もう判断がつかないくらいだ。

(情けない――――情けない。こんな孫でごめんなさいお祖父様)

思わず、懐《ふところ》に隠していた手紙に手を当てる。お祖父様の最後の手紙。

文字を書くことすら難しくなっていたのに、代筆は頼《たの》まず自らの手で一字一字書いてくださったのだという。それを教えてくれた侍従《じじゅう》長もまた、目を真っ赤にはらしていたっけ。

最後の手紙になってしまった。最後の手合わせになってしまった。もう二度とお祖父様とチェスをすることはできない。手紙を通じて議論を交《か》わすこともできない。

手紙に書かれたリザインの文字は、私の誇《ほこ》りであり一方で滑稽《こっけい》さの象徴《しょうちょう》になってしまった。


葬儀の後、私は熱を出して寝込《ねこ》んだ。

久しぶりに人前に出た緊張《きんちょう》もあったのだろう。悲しみに暮れていたとしても、沢山《たくさん》の好奇《こうき》の視線は無視できるものではない。心と体は疲弊《ひへい》しきっていたのだ。

メアリーに介抱《かいほう》されながら、私は毎日ベッドから窓を見上げた。

黒く大きな鳥が、しなやかに滑空《かっくう》していく。

むなしさだけが私の胸を滑《すべ》り落ち、胃《い》の腑《ふ》に石を飲んだような気持ちになった。

「大丈夫《だいじょうぶ》ですか？　お嬢様」

メアリーの手を借りて体を起こす。

コップに注《つ》がれた水を飲み、ふうと一息つく。

「葬儀の後処理は？」

「恙《つつが》なく進んでいるそうです。国賓《こくひん》の方々はお帰りになり、貴族院の方々のおかげで、王都もいつも通りの生活に戻りつつあります」

貴族院というのは、主に上位貴族によって構成された合議による意思決定機関だ。お祖父様の代では存在感の薄《うす》かった彼らが、今は臨時で国王の穴を埋《う》めているのだろう。

そうしたら、この国はなにもかも同じに戻るのだろうか。

(お祖父様がいないのに……)

泣きすぎて真っ白になった頭では、もうまともに考え事をすることすら難しかった。今チェスをしたら、きっと初心者にだって負けるに違《ちが》いない。

(何も考えたくない。もう何も……)

そうしてぼんやりしていると、父と母が見舞いのために私の部屋にやってきた。

「調子はどうだい？　フラン。すまんな。突然《とつぜん》で驚《おどろ》いたことだろう」

第一王子亡《な》き後、お祖父様の息子《むすこ》の中で最年長である父は、爵位《しゃくい》の中では最高位である公《こう》爵《しゃく》という身分を持つ。

しかしその性格は至って穏《おだ》やかで、私の緩《ゆる》く波打つ赤い髪《かみ》は父譲《ゆず》り。更《さら》に言うなら、そもそもはお祖父様ではなくお祖母《ばあ》様に由来する色彩《しきさい》だ。

謝るようなことではないのに、父は申し訳なさそうに言った。

それがより、私を居たたまれない気持ちにさせる。父のせいではないのだ。全《すべ》ては私が頼りないせいなのだから。

母の細い指が、そっと私の手を握った。

「ごめんなさいね。いくらお義父《とう》様に言われていたとはいえ、黙っているべきではなかったわ。あなたをこんなにも傷つけてしまって……」

私と同じピーコックグリーンの瞳《ひとみ》が、悲し気に歪《ゆが》められる。

「いいえお父様、お母様。お二人のせいではありません。全てはひきこもってばかりいたわたくしが悪いのです」

しっかり否定しようと思うのに、弱々しい声しか出なかった。

これでは更に心配をかけてしまうのに、どうすることもできない。

「わたくしが頼りない孫だから、お祖父様にも最後までご心配をおかけしてしまって……」

思っていた言葉を口から出すと、反動でまた涙が出そうになった。いくら水を飲んでも追いつかない。流した涙のせいで干《ひ》からびてしまいそうだ。

今まで生きてきて、多分今ほど自分を情けなく思ったことはなかった。

外に出ず逃《に》げてきた自分の愚《おろ》かさを、人々の優しさによって逆にまざまざと突《つ》き付けられているのだから。

「フラン」

父が何かを言いかけたその時、部屋のドアがノックされた。

少し言い争うような声もする。一体誰《だれ》が来たというのだろう。

両親も怪訝《けげん》な顔をしている。

誰だろうかと扉《とびら》を見ていると、入ってきたのは見覚えのある老人だった。

城の侍従長マリオだ。彼は押し留《とど》めようとする執事《しつじ》を物ともせずこちらに近づいてくる。

彼は爵位を持つ貴族でもあるので、執事もあまり強固な態度に出ることができないのだろう。

「どうしたんだマリオ。こんな突然……」

父の困惑《こんわく》は尤《もっと》もだ。臥《ふ》せっている貴族の娘《むすめ》の、それも寝室《しんしつ》に許可もなく入るなど、王宮の規《き》範《はん》を知り尽《つ》くした人物のすることではない。

私はどうして彼がここに来たのだろうかと、ぼんやりとした頭で不思議に思った。

「フランチェスカ様に、陛下からのご遺言《ゆいごん》をお伝えに参上しました」

マリオはこともなげに言うと、恭《うやうや》しい手つきで胸元《むなもと》から手紙を差し出した。

チェスをしていた時とは違い、正式な礼儀《れいぎ》に則《のっと》った手紙に捺《お》された双頭《そうとう》の獅子《しし》の封蠟《ふうろう》。その色は親書ではなく勅命《ちょくめい》であることを示す赤。

それは間《ま》違《ちが》いなく、祖父であるウィルフレッド一世が直接私に宛《あ》てて書いたものであるということを表していた。

差し出された手紙を、震《ふる》える手で受け取る。

国王からの手紙は本来、こうして宛てられた本人が直接受け取らねばならない。チェスの手紙をメアリーに運んでもらっていたのは、あくまでも例外なのだ。

両親は傍《かたわ》らで、心配そうに私の様子を見下ろしていた。

手紙に開封《かいふう》された様子はなく、封筒《ふうとう》にも不自然なところはない。

その事実を確かめると、私は手紙を侍従長の手に戻《もど》した。封を切ってもらうためだ。

彼は心得たように、ペーパーナイフを用いてその手紙を開封した。
部屋にいた全員が息を呑《の》む。言いようのない緊張感《きんちょうかん》が、部屋を満たした。
再び手の中に戻ってきた手紙の中には、便箋《びんせん》が二枚。
そしてその手紙には、驚くべきことが書かれていた。

――愛するフランへ

君がこの手紙を読んでいるということは、既《すで》に儂《わし》はこの世にはいないのだろう。
驚いただろうが、悲しむことではない。
儂は十分に生き、そして思う存分国のために力を尽くすことができたのだから。
けれどまだ、最後の仕事が残っておる。
可愛《かわい》いフラン。
もし儂を悼《いた》む気持ちが少しでもあるのなら、この遺言を守ってほしい。
君を、次期女王候補に指名する。
そこにいる侍従長のマリオに従って、リンドール初の女王を目指しておくれ。

最後に
儂はいつでも、君を見守っているよ。

君の強さを誰より知っているお祖父《じい》様より

「お、お祖父様……」

驚いたらいいのか、嘆《なげ》いたらいいのか。

私は陸にあげられた魚のように、パクパクと口を動かす他《ほか》なかった。

茫然《ぼうぜん》とした私の手から父が手紙を引き抜《ぬ》き、そして彼も同じ表情になる。

「マリオ、これは一体……」

困惑したように父が侍従《じじゅう》長に尋《たず》ねる。

しかし彼は涼《すず》しい顔をして、何も言わず酔狂《すいきょう》ではないと示すように小さく頷《うなず》いたのだった。

第一章◆バラバラの後継者たち

通された部屋には、既に私以外の全員が揃《そろ》っていた。

『お嬢様《じょうさま》、ファイトですよ』

控《ひか》えの間で待っていてくれている、メアリーの声が蘇《よみがえ》る。

体はがくがく震えているし、正直顔を上げるのすら恐《こわ》い。

それでもこれが、お祖父様の遺言なのだ。

ご存命の間沢山《たくさん》のご心配をおかけしたのだから、遺言ぐらいは全《まっと》うして差し上げたい。

その気持ちだけが、私をその場に立たせていた。

葬儀《そうぎ》の日以来のコルセットに、歩きづらいヒールの靴《くつ》。

それでもなんとか足を進め、先に待っていた三人の前に立つ。

「お初にお目にかかります。ファネル公エリオットが娘、フランチェスカ・ファネルと申します」

腰《こし》を屈《かが》めたお辞儀《じぎ》。

顔を上げると、そこにはまだ若い男性が三人。

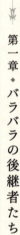

ひきこもっていたので面識はないが、肖像画《しょうぞうが》で既に見ていた顔とそれらが一致《いっち》した。

向かって右から、マクニール公スチュワート。二十一歳。

お祖父様の末子で、私から見ると叔父《おじ》に当たる。父との年齢《ねんれい》は随分離《ずいぶんはな》れているが。

幼い頃《ころ》にお茶会などで会っているはずだが、いくら思い出そうとしてもできなかったのでほとんど接触《せっしょく》がなかったのだろう。

華《はな》やかな銀の巻き毛に、瞳《ひとみ》は涼やかな薄藍色《うすあいいろ》。肖像画を見た時も思ったが、本当に絵に描《か》いたような王子様だ。

祖父が子を生《な》した女性は数人いるが、その中でも彼の母親が最も位が高い。だからこそ選ばれたのか、それとも違《ちが》う理由でこの場にいるのか、それは分からないが。

しかし彼の顔には、高位貴族特有の選民意識のようなものが感じられた。周りにいる人間を、全《すべ》て見下すような目。私の思い込みかもしれないけど。

次。三人の真ん中にいるのが、モラン侯《こう》シアン二十五歳。

若くして亡《な》くなられた第一王子のご子息で、私の従兄《いとこ》ということになる。

リンドールでは珍《めずら》しい濃紺《のうこん》の髪《かみ》に、ダークグリーンの目の下には隈《くま》が浮《う》いていた。どこか神経質そうな印象がある。

隈を隠《かく》すためなのか眼鏡を掛《か》けていて、剣《けん》を嗜《たしな》む他の二人と比べると体は少し華奢《きゃしゃ》だ。

皮肉屋で、スチュワートとはそりが合わずいつもいがみ合っていると聞いた。

彼はチェスの名手だと聞いているので、機会があればいつか対局してみたい。

最後が、ラックウェル伯《はく》アーヴィン。三十歳。

お祖父様の甥《おい》にあたり、若くして騎士《きし》団の団長を任せられている。

伯爵《はくしゃく》ということで他の二人より位は低いが、その統率《とうそつ》力は折り紙付き。がっしりとした体格に、長めに垂らした髪はこげ茶色だが、光の加減によっては金にも見える不思議な色。琥珀《こはく》に近い瞳は、思慮《しりょ》深そうな色をしていた。

他の二人がどこか不満げな表情を浮かべているのに対し、彼だけが考えの読めない無表情を保っている。

以上が、お父様が事前に教えてくれた彼らのプロフィール。

必死に頭に叩《たた》き込んできたけれど、だからといっていきなり親しみを抱《いだ》くのは無理だった。

それなりの血縁《けつえん》関係にあるとはいえ、全員がほぼ初対面なのだから。

(挨拶《あいさつ》はしたのだから、早く壁《かべ》とお友達になりたい)

私に染《し》みついたひきこもり根性《こんじょう》が、そうするべきだと訴《うった》えかけてくる。

なのに体勢を正した瞬間《しゅんかん》、スチュワートが噛《か》み付くようにこちらに近づいてきた。

「候補に女を選出なさるなど、陛下は一体何をお考えなんだ！」

いきなり怒鳴《どな》りつけられて私の頭は真っ白になった。

次期国王候補に女がいることで、よく思わない人間もいるだろうとは思っていた。けれど、予想できたからといって平気である筈《はず》がない。

スチュワートの吊《つ》り上がった目に、体の震えがより大きなものになる。

「そんなこともう誰《だれ》にも分からないさ。誰かれ構わず噛み付くのは止《や》めたらどうだ？　公爵《こうしやく》閣下」

まるでスチュワートを嘲《あざけ》るかのように、〝公爵閣下〟にイントネーションを置いてシアンが言った。

「何か言ったか？　モラン侯爵殿《こうしやくどの》」

どうやら、この二人の仲が悪いというのは本当らしい。

スチュワートの意識がシアンに移ったことで、私はひっそりと安堵《あんど》した。あのまま非難され続けていたら、この場に立っていることすら難しくなっていたことだろう。

「別に。ただ、王子らしからぬ余裕《よゆう》のなさだと思ってね。この中で最も位が高いというのに、どうやら公爵は自分が選ばれる自信がないと見える」

「なんだと⁉」

唖然《あぜん》としている間に、二人は私を置き去りにして言い争いを始めてしまった。

元々母親の身分が高い末っ子と、異国生まれの母と第一王子の息子《むすこ》という微妙《びみよう》な立場の二人だ。

しかし私に対して挨拶を返さないというのは、いささか礼を失している気がしないでもないが。

（まあ、返してくれなくて全然いいのだけれど。むしろ私のことはそのまま忘れていてください）

二人の意識が逸《そ》れた隙《すき》に、私はいそいそと壁際《かべぎわ》に逃《のが》れた。

これが世に言う壁の花というやつか。自分を花に喩《たと》えるなんておこがましいにもほどがあるけど。

壁に寄り添《そ》いながら、私は静かに三人を観察した。

存在を無視されたことは不愉快《ふゆかい》ではないけれど、二人のように短気な人に祖父の跡《あと》を継《つ》いでほしくはなかった。けれどずっと黙《だま》り込んでいるアーヴィンも、何を考えているのか分からなくて次期国王に相応《ふさわ》しいかと言われると微妙なところだ。

そして私はと言えば、論外。よりにもよってこんなひきこもりが、リンドール初の女王になれるとは思わないしなりたくもない。

私がこの場にいるのは、お祖父様のご遺言《ゆいごん》の意味を知るため。

どうして私を女王候補に選出したのか。そこにどんな意味があるのか。

そのために、なんとか家を出てここまでやってきた。

「それにしても、一体この四人の中からどうやって次期国王を選ぶというんだ」

苛立《いらだ》たし気なスチュワートの言葉にはっとした。どうやらいつの間にか、口論は終わってい

たらしい。

するとまるでその言葉に呼応したかのように、先ほど入ってきた扉《とびら》から侍従《じじゅう》長のマリオが現れた。

「方法に関しましても、陛下からご指示を頂いております」

「投票でもするつもりか？」

シアンが皮肉っぽく言うと、侍従長は彼をちらりと一目見て、こくりと頷《うなず》いた。

「左様にございます。投票にてお決めになるように、と……」

「投票だと？　それは貴族全員が対象か？　それとも王族の？　まさか全ての国民などと言うつもりではないだろうな？」

スチュワートが不可解そうに口を挟《はさ》む。

(国民全員というのは流石《さすが》に不可能でしょうけれど、対象を貴族にするか王族にするかで結果は変わりそうね)

それぞれ己《おのれ》の立場によって、国王に推薦《すいせん》したい相手というのは違うだろう。スチュワートとシアンの二人が固唾《かたず》を呑《の》んでマリオを見つめている。

しかし老人の答えは、スチュワートが挙げた三つの内のどれでもなかった。

「いいえ。投票に参加なさるのは、あなた方四人のみでございます。投票用紙をお配りしますので、推薦する候補者の名前を書いて投票をして頂き、三票以上を獲得《かくとく》なされた方にお仕えするようにと、陛下からは承《うけたまわ》っております」

流れるような侍従長の説明に、私たちは啞然とした。

(だってそんな方法、無茶《むちゃ》よ!)

自分で自分に投票したとしても、必要な票は三票。四人の内、他二名の同意が必要ということになる。

今までの成り行きから見て、おそらくスチュワートとシアンによる票の奪《うば》い合いになるに違いない。

私は端《はな》から女王になどなりたくないし、アーヴィンだってその意志は希薄《きはく》そうだ。投票という穏便《おんびん》な方法を採用しながら、その実これでは二人の諍《いさか》いを助長しているようなものだった。

私が不安に思っていると、マリオは更《さら》に驚《おどろ》くような言葉を付け加えた。

「更に、自分で自分に投票なさるのは禁止でございます」

「なんだと!」

「なんですって⁉」

他《ほか》の三人と同様、私も驚きで思わず声が出た。

(つまり、自分以外の三人を納得《なっとく》させなければ次期国王にはなれないということ? そんなこと絶対に不可能だわ)

それは貴族全員や王族による投票よりも、圧倒的《あっとう》に危険で無謀《むぼう》な方法のように私には思えた。考えれば考えるほど、お祖父様《じい》が何を考えてこんな遺言を遺《のこ》したのか、分からなくなるばかりだ。

もし決めるのが国王という大役でなかったら、話し合いでどうにかなったかもしれない。

しかし国王というのは唯一《ゆいいつ》無二、並び立つ者のない絶対の立場だ。

それをたった四人の、それもまだ若い貴族に話し合いで決めさせるなんて、はっきりいって無謀と言ってよかった。

そんな面倒《めんどう》な結論を待つぐらいなら、他の三人を殺した方が早い。そう思う候補者だって、出てきてもおかしくはないのだから。実際歴代の国王選出の際には、少なからず血なまぐさい事件が起きている。次期国王を決めるというのはそれほどまでに重大で、重要な事案なのだ。

「本当に、お祖父様のご遺言なのですか？　この方法はあまりにも……」

小声でぼそぼそと口にすると、マリオはわずかに同情するような目で私を見て言った。

「本当でございます姫《ひめ》。それでは皆様《みなさま》、こちらを」

するとマリオは、私たちにそれぞれ小さく切った紙を配り歩いた。

丁寧《ていねい》に漉《す》かれた高価な紙で、繊維《せんい》の中に黄色い花弁のようなものが閉じ込められている。

「こちらは特殊《とくしゅ》な製法で作られた紙で、我が国では再現不可能。製造元である国に行くだけでも、船を使い一年以上はかかる貴重な品でございます」

つまり偽造《ぎぞう》はできないというわけだ。

紙を複製しようにも、同じものを手に入れるのには往復で最低二年はかかってしまう。おそらく紙の中に含《ふく》まれている黄色い花弁も、我が国では咲《さ》かない花であるに違《ちが》いない。

私は悩《なや》みに悩みぬいた末、誰《だれ》の名前も書かず白紙で投票した。

今日会った三人の印象からでは、誰が王に相応しいかなんて判断がつかない。

それに四人という人数では、たとえ無記名で投票しようとも誰が誰に入れたかすぐに見当がついてしまうだろう。

それだけで投票しなかった人間から恨《うら》まれたり疎《うと》まれたりすることも十分にあり得た。

(どうせ一回では決まる筈《はず》がないのだから、最初は様子を見よう)

私は震《ふる》える手で、何も書かれていない紙を二つ折りにし、投票箱に入れた。

他の三人も然程《さほど》悩むことなく、次々に投票していく。

一体どういう結果が出るのか、知りたいような知りたくないような気持ちだった。

部屋中に充満《じゅうまん》する緊張感《きんちょうかん》が目に見えるようだ。

空気がピンと張り詰《つ》め、息をすることすら億劫《おっくう》に思える雰囲気《ふんいき》の重さ。

「それでは、開票いたします」

全員が投票したのを確かめ、マリオが投票箱を開けた。

結果は――全《すべ》て白紙。

ある意味妥当《だとう》な結果に、部屋の中にはなんとも言えない空気が流れる。

しかしマリオは特に落胆《らくたん》するでもなく、何でもない顔で明日から毎日同じ時間に投票を行うと告げると、さっさと部屋を出て行ってしまった。

(そんな！　置いていかないでマリオ！)

私もすぐに部屋を出たかったが、まだ緊張感の余韻《よいん》が残っていて体が上手《うま》く動かない。

すると先に我に返ったスチュワートが、立ち上がりテーブルを叩《たた》いた。

バシリと乾《かわ》いた音があたりに響《ひび》き渡《わた》る。

「こんな馬鹿《ばか》なことがあってたまるか！」

スチュワートが怒《おこ》るのは当然だ。

当然とはいえ、その怒《いか》りをぶつけるべき相手は既《すで》にこの世にはいない。

逃《に》げそこなった私はびくびくと、椅子《いす》に座ったままで震えた。

自分が怒られているわけじゃなくても、他人の怒気《どき》というものはただそれだけで恐《おそ》ろしいものだ。

それも彼は、今日会ったばかりの相手。

その行動パターンが読めないことが、なおさら私を落ち着かない気持ちにさせた。

しかし彼は間もなく、肩《かた》を怒らせて部屋を出て行ってしまう。

この場に残っている者たちに怒鳴《どな》りつけても、無駄《むだ》だと感じたのだろう。彼の高い矜持《きょうじ》が、八つ当たりなどという行為《こうい》を許せなかったに違いない。

とにかく彼が部屋を出たことで、どうしようもなかった体の震えも少しだけましになった。

恐らくスチュワートは、自分が間違《まちが》いなく次の王になると確信していたに違いない。私も自分がこんな立場でなければ、唯一前王の息子《むすこ》であるスチュワートが次の王になると予想しただろう。

しかし結果は白紙。何一つ決まらず、今後の見通しすら立たない結果だ。

私は途方《とほう》もない虚無感《きょむかん》を感じながらも、必死でこれからどうするべきなのか考えを巡《めぐ》らせた。

(とにかく、候補者についてもっとよく知らなくちゃ。お祖父様が選んだ人たちだもの。きっとこの中に相応《ふさわ》しい人がいるはず――よね？)

ちろりと、私は近くにいるシアンとアーヴィンを盗《ぬす》み見た。

「騎士《きし》団の訓練があるので、私もこれで失礼する」

姿勢を正したアーヴィンが、折り目正しくそう言って部屋を出て行く。

もしかしたら、彼の声を聞いたのはこれが初めてかもしれない。

呆気《あっけ》に取られている間に、部屋に残されたのはシアンと私の二人だけになった。

(こうなったら、しばらく待って最後に部屋を出よう。下手に廊下《ろうか》で一緒《いっしょ》になったら大変だし……)

これ幸いと最後まで居残りを決め込んでいたら、突然《とつぜん》声を掛《か》けられた。

「おい、お前」

「ひっ」

引きつった喉《のど》から、短い悲鳴が漏《も》れる。

それに反応したのか、シアンがぎろりと私を睨《にら》んだ。

思わずその場を逃げ出したくなるけれど、足はまだ動きそうにない。大体こんな重いドレスでは、走って逃げることなんてできるはずもないのだ。

「公爵令嬢《こうしやくれいじよう》様は、俺などとはお話しにならないと？」

眼鏡の奥の瞳《ひとみ》を歪《ゆが》めて、シアンが皮肉気に言った。

どうやら誰に対しても、彼はそういう喋《しやべ》り方をするらしい。スチュワートと特別仲が悪いというよりは、敵を作りやすい性格なのかもしれない。

彼自身は王孫で決して低い身分ではないのだが、母が異国人ということで王族の中でも毛色が違っている。

(今まで、苦労することも多かったのかもしれない)

悪い人ではないはずだと言い聞かせて、どうにか言葉を絞《しぼ》り出してみる。

「あ、あの……」

勇気をもって、話しかけた。いや話しかけようとした。

しかし何か言う前に、シアンがずんずんと近づいてきた。ただでさえ近かった距離《きより》が一気に詰められ、驚いて立ち上がる。

(なに⁉　なんなの⁉)

そのまま後ずさったら、結局壁際《かべぎわ》まで追い詰められてしまった。

ダンッ！

私の背中が壁《かべ》にぶつかるのと同時に、シアンが壁を叩いた。

「ひっ」

「公爵令嬢だかなんだか知らないが……」

眼鏡をはずしたシアンに、間近にのぞき込まれる。

深い深い冬の森のような目の色。森の中にひっそりと眠《ねむ》る湖のような。

美しい色なのに、それ以上に恐ろしい。父親以外の男性どころか、人間に対しての免疫《めんえき》がないのだ。それなのにこの仕打ちは破壊《はかい》力が強すぎた。

彼はそっと私の耳に顔を寄せると、それまでより一段低い声で囁《ささや》いた。

「適当にスチュワートに投票なんかしてみろ。絶対に許さないからな」

押し殺した声には、はっきりとした怒りが感じられた。何がそんなに彼を憤《いきどお》らせているのだろう。

ぶつけられた生々しい感情に、先ほどより強く体が震えだす。

「――分かったな」

そう念を押すと、彼は何事もなかったように部屋を去っていった。

私は言い返すこともできず、その場にへたり込む。

そして心配したメアリーが迎《むか》えにくるまで、その場で震えていることしかできなかったのだった。


翌日。

言われた通りの時間に、用意を整え城へと向かった。

本当は朝起きた時からずっと、行きたくないと暴れる臆病《おくびょう》な自分と戦っていた。昨日のことを思い出しただけで、体が震えてまともに喋れなくなるのだ。

けれど――それでも。

私はお祖父《じい》様の遺言《ゆいごん》を破ることなんてできなかった。

安全な場所に閉じこもっていることは簡単だ。いままでもずっとそうしてきたのだから。

けれどその性格のせいで、私は一生分の後悔《こうかい》をした。祖父の死に目に会えなかったのは、今まで安全な場所に隠《かく》れていた報《むく》いなのだろう。

「お嬢様《じょうさま》、大丈夫《だいじょうぶ》ですか？　ご気分がすぐれないのなら、城に上るのはおやめになりますか？」

様子のおかしい私を気遣《きづか》って、メアリーが何度もこう問いかけてくれる。そのたびに私は、必死の思いで首を横に振《ふ》った。甘えてしまいたいのはやまやまだが、それではきっと元に戻《もど》ってしまう。

何もできずに、ひきこもっているだけだった自分に。

「だいじょうぶ……大丈夫よ……」

そう繰《く》り返すたびに、メアリーは怪訝《けげん》な顔をするのだ。

「やっぱり昨日お城で何かあったのですか？　私から旦那《だんな》様にお伝えして――」

「いいの。なんでもないんだったら」

ここまでくると、もう意地だった。

確かにお父様に言えば、父はシアンに抗議《こうぎ》するなり、マリオに言って城へ行かなくても済むように取り計らってくれることだろう。

けれどそれではだめなのだ。

逃げ出した私を、シアンはなんて気が弱いと嗤《わら》うだろう。

そしてライバルが減ったと、喜ぶに違《ちが》いない。

（そんなの、悔《くや》しすぎるじゃない）

私だって生半可な気持ちで会議に参加したわけではないのだと、シアンに――そして他《ほか》の二人に思い知らせたい。

だから私は今日も、恐怖心《きょうふ》を握《にぎ》りつぶして城へ上るのだ。

ずっと気持ち悪さや後ろ向きな自分と闘《たたか》っていたからか、城に着く頃《ころ》にはすっかり疲《つか》れ切っていた。

馬車から降りて、揺《ゆ》れない地面に降り立つ。

そしてメアリーに連れられて、王族専用の入り口から城に入った。

城ではその身分によって使う門や部屋が細かく決められていて、少しでも間違《まちが》えると礼儀《れいぎ》知らずだと白い目で見られるのだ。

それでも王族専用の通路はまだ人が少ないので、気が楽だと言えた。

これが下級貴族専用区画ともなれば、淑女《しゅくじょ》たちは広がったクリノリンのせいで身動きもできないのだそうだ。

まあ実際に見たことがあるわけではなく、全《すべ》ては小説からの受け売りだけれど。

そのまま城の使用人に案内されたのは、昨日の応接間とは違う部屋だった。

部屋と呼ぶには広すぎる。廊下の先にあるのは天井《てんじょう》が吹《ふ》き抜《ぬ》けになっている円形の大広間だ。

普段《ふだん》は貴族院の会議場として利用される場所である。

(たった四人の投票に、こんな場所は必要ないでしょう!)

内心で悲鳴を上げたくなるのを必死で我慢《がまん》した。

どうして大広間が嫌《いや》かと言えば、それはその部屋が誰《だれ》でも出入りできる区画にあるからだ。

思った通りその入り口には、物見高い貴族たちが押しかけていた。

特に若いご令嬢《れいじょう》が多く目につくのは、私以外の三人が結婚《けっこん》したい貴公子の上位陣《じょういじん》だからに違いない。

私の存在に気付いた何人かが、ひそひそとこちらを見ながら何事か囁き合っている。

「皆《みな》さんお嬢様を羨《うらや》んでらっしゃるんですよ。メアリーは誇《ほこ》らしいです!」

付き添《そ》ってくれているメアリーの囁きに、私は全く同意できなかった。

(あの子たちはみんな私を嘲笑《あざわら》ってるのよ。ひきこもりが場違《ばちが》いだって言ってるに違いないんだから)

花のように着飾《きかざ》る令嬢たちを横目に、私はなぜか泣きたくなった。

死ぬまで地味に静かに生きていこうと思っていたのに、どうして私がこんな場所に引っ張り出されなくてはならないのだろう。

緊張《きんちょう》して顔が恐《こわ》くなっているのは承知の上だ。

その顔を恐がられるのが嫌で、ずっと外出しないでいたというのに。

(これでは見世物《みせもの》と一緒《いっしょ》じゃない!)

自暴自棄《じぼうじき》になりかけていると、メアリーが優《やさ》しく慰《なぐさ》めてくれた。

「お嬢様、大丈夫ですよ。メアリーがついてますからね」

もうずっと長い間迷惑《めいわく》をかけ続けているのに、彼女はいつも変わらず私に接してくれる。

そんな彼女のためにも、ここで挫《くじ》けるわけにはいかない。

廊下《ろうか》の両脇《りょうわき》に陣取《じんど》った貴族たちは、口々に何かを話していた。扇《おうぎ》で口を隠し、またある者は口さがなく堂々と、次期国王は誰になるのかと噂《うわさ》し合っている。

そんな彼らの――――私に気付いた時の目。

憐《あわ》れむような楽しむような、薄《うす》ら笑い。

全ては今日までひきこもっていた報いなのだろうか。だとしたら私はその視線を正面から受け止める義務がある。

歩く廊下は永遠のように長く感じられた。

そして入り口の数歩手前で、侍女《じじょ》のメアリーと離《はな》れなければいけなくなる。

一人の頼《たよ》りなさにめまいがするが、ここまで来てしまえばもう逃《に》げだすことだってできないのだ。

(大丈夫。恐がられるのも避《さ》けられるのも慣れてるもの。気にしなければないのと同じ。恥《は》ずかしいと感じるのは、まだくだらない矜持《きょうじ》を捨てきれずにいるからだわ)

ひきこもりの持つプライドにどれほどの価値があるだろう。

持っていても苦しいだけなのに、私は未《いま》だにそれを捨てきれずにいるのだ。

きっと今の私の顔は、ひどく引きつっているに違いなかった。

メアリーが丹誠《たんせい》込めてしてくれた化粧《けしょう》も、すでに崩《くず》れているかもしれない。やはり白粉《おしろい》をはたいただけでは、緊張して強張《こわば》った顔を隠せるはずもない。

逃げるように扉《とびら》へ歩き出すと、後ろから朗々たる声が響《ひび》き渡《わた》った。

「何をしている。お前たちは神聖なる次期国王を決める集《つど》いを、サーカス見物とでも勘違《かんちが》いしているのか？」

周囲が騒然《そうぜん》とする。思わず振り返ると、そこに立っていたのはスチュワートだった。

まっすぐに背を伸《の》ばし、私と違って何を恥じることもなく、ただまっすぐ前だけを見てこちらに近づいてくる。

彼の言葉に青くなった貴族たちが、そそくさと逃げていくのが見えた。

令嬢の中には、泣いてしまった娘《むすめ》までいる。

しかしスチュワートは、そんなものにまるで目もくれない。

（よっぽど自分に自信があるんだろうな。羨ましい……）

彼が通り過ぎるのをぼうっと見ていたら、何を思ったのか急に立ち止まり、腕《うで》を差し出してきた。

「お前も候補の一人なら胸を張れ。中までエスコートする。手を」

戸惑《とまど》っていたら睨《にら》まれたので、おそるおそるその腕に手を掛《か》けた。

一瞬揶揄《いっしゅんからか》われているのかもしれないと思ったが、彼は宣言した通り私をエスコートしてくれた。

——多分、優しさではない。けれど同情でもない。

プライドの高い彼は、同じ王族である私が侮辱《ぶじょく》されているのが見るに堪《た》えなかったのだろう。

広間に入り扉が閉まると、私は慌《あわ》ててスチュワートの肘《ひじ》にかけていた自分の手を解《ほど》いた。いつまで触《さわ》っているのだと、怒《おこ》られるのが恐かったのだ。

「……私の姪《めい》なら、顔を上げていつでも誇り高くしていろ」

それは私にはどうしようもない無理難題のように思えたが、反発する気も起きなくて黙《だま》って頷《うなず》いた。

(不器用な人。私のことが気に入らないのに、助けてくれるなんて。きっと普段から、自分を強く律しているんだろう。言葉が厳しいのもそのせいね。だからいつも、誰の前でも正々堂々と胸を張ってられるんだわ)

まるで他人事《ひとごと》のように、そんなことを思った。

どうやら彼は、身分を笠《かさ》に着てただ威張《いば》り散らしているだけの人ではないらしい。

私は心のノートに一行それを書き足して、部屋に待っていた残りの二人に目を向けた。

結局その日の投票でも、次期国王は選出されなかった。

投票結果は昨日と変わらず全てが白紙。

一時的にこの〝後継者会議《こうけいしゃかいぎ》〟の見届け人に就任した侍従長《じじゅう》が、今日の結果を貴族院に報告するため去っていく。

広すぎる会議場には、昨日と同じく四人の候補者が取り残された。

「いい加減にしてもらいたいものだ」

大きなため息を吐《つ》き、そう言い放ったのは意外なことにアーヴィンだった。

今までこれといって何も発言してこなかった彼の言葉に、自然と視線が集まる。

「私には騎士《きし》団の団長としての職務がある。いつまでもこんな会議に出席するのは本意じゃない」

「じゃあどうするっていうんだ？　お前が会議から辞退すれば結果が出るのが早まるぞ」

シアンが茶化《ちゃか》すように言う。

「貴殿《きでん》こそ、次期国王に相応《ふさわ》しいとは言いがたい言動は慎《つつし》まれよ」

アーヴィンの言葉に、私は驚《おどろ》いてしまった。物静かな彼が、こんな好戦的な返し方をするなんて思いもしなかったのだ。

「なんだと⁉」

案の定、シアンはいきり立って席を立つ。

「やめないか二人とも！」

そこに割って入ったスチュワートに、アーヴィンとシアンの視線が集中した。

(あれ?)

その時、私は奇妙《きみょう》な違和感《いわかん》を覚えた。

一見ただの不毛な言い争いのように見えて、何かが違《ちが》うように思えたのだ。

シアンはいつも通り好戦的な様子だが、アーヴィンの視線には喧嘩《けんか》を売っているのとはまた違う、スチュワートを試《ため》しているような色が見えた気がしたのだ。

そこにどんな意味があるかなんて、その時の私にはちっとも分からなかったのだけれど。

「――失礼する」

そう言って、無責任にもアーヴィンは会議場を出て行ってしまった。

憤懣《ふんまん》やるかたないシアンと不本意そうなスチュワート。それに二人から離れて呆《ほう》けていた私が取り残される。

「はっ、なら自分なら国王に相応しいとでも言うつもりかよ」

「アーヴィンに対する暴言は慎んでもらおうか。彼は誇《ほこ》り高い騎士だぞ」

面倒《めんどう》なことになった。今度は二人が言い争いを始めそうな雰囲気《ふんいき》だ。

(部屋を出て行く? でもいくらなんでもそれは無責任かも……。次期国王選出のためには、候補者ともっと話を……でも、でもそんなこと本当に私にできるの!?)

もう十年以上、堂々とひきこもってきた私だ。

正直家族や使用人以外の誰《だれ》かと同じ部屋にいるだけで、緊張して呼吸が浅くなってくる。それでも今ここで踏《ふ》ん張らなければ、亡《な》きお祖父《じい》様の意に添うことはできない。

私は勇気を出して、一歩だけ足を前に踏み出した。

「お……お二人はどうしてそんなに不仲なのですか？　貴族に封《ふう》じられたとはいえ、お二人とも国王の血を引く王族ではありませんか」

体は終始震《ふる》えていたが、言いたいことを最後まで言えたのだから私としては上出来だ。

するとシアンが私の言葉を鼻で笑い、嘲《あざけ》るような口調を隠《かく》しもせずに言った。

「王族同士は仲良しこよしすべきだと？　流石《さすが》に人生のほとんどを屋敷《やしき》に籠《こも》っていた箱入りは言うことが違うな！」

ぐさりと、彼の言葉が自分の胸に刺《さ》さったのが分かった。

本当のことで、自分でも十分後ろめたく思っていることを、改めてつまびらかにされるとこんなにも居たたまれなくなるのはどうしてなんだろう。

「ロード・モラン。レディに向かって粗野《そや》な口を利《き》くな。たとえそれが真実であろうと、公式の場では言っていいことと悪いことがあるぞ」

（スチュワート……それってフォローになってないです）

ざくざくと切り刻まれた心臓をおさえていると、再びシアンの矛先《ほこさき》はスチュワートへと向かった。

「レディか。流石このひきこもり姫《ひめ》に求婚《きゅうこん》しただけのことはあるな。サー・スチュワート」

シアンはわざわざ、スチュワートをからかう呼び方をした。名前にサーをつけるのは王子に対する正式な尊称《そんしょう》ではあるが、彼は既《すで》にマクニール公爵《こうしゃく》に封じられているので本当はデューク・マクニールと呼びかけるのが正しい。

立派な大人であるスチュワートに対してそうするのは、〝まだまだ子供〟とでも言っているようなものだ。

(いえ待って、今はそれよりも)

「ほう。ということは貴殿も同類ということだな。甥御殿《おいごどの》？」

血縁《けつえん》的に、前国王の息子《むすこ》であるスチュワートはシアンの叔父《おじ》ということになる。たとえ年齢《ねんれい》はシアンの方が上であっても。

甥御殿と呼ばれたシアンは顔を真っ赤にした。

正直、こんなに表情が読みやすい人がチェスの名手だなんて信じられない。

(じゃなくて！)

「求婚とは、どういうことですか？」

茫然《ぼうぜん》としてそう問いかけると、二人が同時にこちらを振《ふ》り向いた。それも啞然《あぜん》とした表情で。

「知らない……のか？」

「馬鹿《ばか》な！」

言い争っていた二人が仲良く目を見開いている。

どうやら私の発言は、それほどまでの衝撃《しょうげき》を二人に与《あた》えたようだった。

けれどおそらく、二人よりもよっぽど私の方が驚いている自信がある。

「ええと……まさか、ええと、嘘《うそ》ですわよね？」

小首をかしげてみたが、部屋の空気は冗談《じょうだん》からほど遠いと分かっていた。なにせ二人とも、さっきから身動きもできず固まったままだ。

「求婚というのはその……プロ、プロ……」

その言葉を口に出すには、ひどく勇気が必要だった。

しかしその勇気を絞《しぼ》り出す前に、スチュワートが冷たい声音《こわね》で言った。

「ファネル公爵家には、前々から君との結婚《けっこん》を申し入れてある」

「俺もだ」

馬鹿らしくなったのか、シアンが己《おのれ》の頭を掻《か》きむしっていた。

「そんなのおかしいですわ。だってお二人とも、わたくしと会ったこともないのに！」

「会ったこともない相手に求婚するのはおかしいって？　貴族には普通《ふつう》のことだろう。ましてやお前は、現在のところ適齢期《てきれいき》で最も高位な姫君《ひめぎみ》だ。いくらひきこもりだろうともな！」

随分《ずいぶん》なロマンチストだと、シアンは八つ当たりのように私を嘲笑《ちょうしょう》した。

「やめろ。不愉快《ふゆかい》だ」

自らの信条に反すると感じたのか、スチュワートが庇《かば》うように私とシアンの間に入る。

しかしそんな彼も、どこか気まずそうに私を見ているのが居たたまれなかった。

「やめだやめだ！　いつまでここにいても不快な思いをするだけ。俺は失礼する」

そう言って、どしどしと足音を響《ひび》かせてシアンが出て行った。

スチュワートと二人で取り残されて、気まずさは倍増する。

シアンの背中を目で追っていたスチュワートは、静けさの中私を一瞥《いちべつ》して言った。

「――その様子だと、君は知らなかったらしいな」

頷《うなず》くのが精一杯《せいいっぱい》だった。

私はスチュワートからどんな激しい嫌《いや》みが飛んでくるかと恐怖《きょうふ》したが、予想外なことに彼はそのままふらふらと部屋の外に出て行ったのだった。


「お父様お母様！」

メアリーの手も借りず、むしろ彼女を置き去りにする勢いで屋敷の中に駆《か》け込んだ。

使用人たちの驚いた顔が多数向けられるが、今はそれどころではない。

「フラン？」

「どうしたんだい。そんなに慌てて」

両親は居間で揃ってお茶を飲んでいた。

貴族の夫婦は朝食時しか揃わない冷めきった夫婦が多い中で、私の両親は鴛鴦夫婦として知られている。

私ははあはあと上がった息を整えた。

「……マクニール公スチュワート様と、モラン侯シアン様から結婚の申し込みがあったというのは、本当なのですか？」

真実でなければいいと願いながら、しかし見上げた父親の顔は私の質問を肯定していた。

「彼等がそう言ったのかい？」

「……本当なのですね」

父と私の会話は、噛み合ってはいなかった。

生まれた時から何度も突き合わせている両親の顔だ。

父の顔には分かりやすく、「まずいことになった」とそう書かれていた。

「と、とにかく落ち着いて。フランも一緒にお茶を飲みましょうよ」

母が取り成そうとするが、私はそれどころではない。

俯くと、肩がふるふると震えだした。私の中には様々な感情がせめぎ合っている。

「どうして、お断りなどしたのですか！　どちらも王族。お断りすれば角が立つこともあったでしょうっ」

（ああ、これでは八つ当たりだわ）

言いながら、己の言葉の理不尽《りふじん》さは誰よりも自分でよく分かっていた。

「ええと、フランは二人のどちらかと結婚したかったのかい？」

私と似た容姿を持つ父が、困った顔で首を傾《かし》げる。

「そうじゃありませんわ！　でも、貴族が政略結婚をするなんて当たり前のこと。それぐらいの覚悟《かくご》はとうにできています。なのにどうして……わたくしのような面倒な娘《むすめ》、さっさと追い出してくださらなかったのですかっ」

私が憤《いきどお》っているのは、つまるところそのことに対してだった。

十八歳。早い者では十歳を前に結婚が決まるリンドール王国において、貴族としてどころか国内全土を見渡《みわた》しても十分嫁《い》き遅れと言って差し支《つか》えない年齢だ。

そんな私に結婚の話が一度もないのは、ひきこもりで悪い噂《うわさ》が立っているのと、夜会に出席せず顔が知られていないからだと本気で思っていた。

だというのに、本当は両親が縁談《えんだん》を断っていたなんて。

両親が腹立たしいんじゃない。

彼らにそうさせた、自分自身が憎《にく》いのだ。

「――面倒《めんどう》な娘などではないわ。私たちの大切な娘。その娘を手元に置いておきたいという、これは私たちのわがままなのよ」

母が手を取り、優《やさ》しく語り掛《か》けてくる。

慰《なぐさ》めるための言葉だということぐらい、私にだって分かることだ。

「ごめんなさい……ちゃんとできなくてっ。自慢《じまん》できるような娘じゃなくて！」

私は縁談が来ないのをいいことに、両親に甘えてずっとひきこもっていた。

縁談が来るまではと自分に言い訳して、十八という立派に成人しているはずの年齢まで、外に出ることなく義務も果たさずのうのうと生きてきたのだ。

そんな自分が、情けない。

「何を言っているんだフラン」

父の優しい腕《うで》に、そっと抱《だ》きしめられる。

「お前は私たちの大切な娘だ。そう簡単に他家に取られてなるものか」

私にはもったいないような、優しい両親だ。

二人とも貴族の常識からは外れているかもしれないけれど、心から尊敬できる人たちだと思っている。

「それで、どうして急にそんなことを言い出したんだい？　我が娘よ」

父の優しい問いかけに、私はおずおずと今日の会議でのことを話した。

勿論《もちろん》二人に心配はかけたくなかったので、ひどいことを言われたりしたことについては伏《ふ》せている。

勧《すす》められるままソファに腰《こし》を落ち着けると、思った以上に自分が疲れていることに気が付いた。綿の詰《つ》まった柔《やわ》らかなクッションにそのまま沈《しず》み込んでしまいそうだ。

使用人が淹《い》れた熱いお茶を飲むと、ようやくほっと一息つくことができた。

「ははあ、モラン侯はまだしも、マクニール公には困ったものだな」

「どういうことですか？」

先に求婚《きゅうこん》の話を持ち出したのはモラン侯シアンの方だ。なのになぜ、父はマクニール公スチュワートの方を困ったものだなどと言うのだろう。

「どういうこともなにも、お前がひきこもったのはスチュワートのせいじゃないか」

母親は違《ちが》えど、スチュワートは父にとっては年の離《はな》れた弟ということになる。

気軽に呼び捨てにするのは分かるが、その言葉の意味が咄嗟《とっさ》には理解できなかった。

「え？」

「お前が五歳の時だったか。我が家で開いたお茶会でね、あの子がお前にその……『変な顔』と言ったものだから……」

「それ以来あなたは、外に出るのが嫌《いや》だと言うようになってしまって……」

「えぇ!?」

確かに、お茶会に来ていた男の子に、『変な顔』と言われたのがひきこもりの原因だと、私自身も記憶《きおく》している。とても綺麗《きれい》な顔をした女の子のような男の子で、お茶会に来ていた子は誰《だれ》もが彼と話したがった。

その男の子に『変な顔』と言われたことで、幼心に大きなショックを受け、結果としてひきこもるようになってしまったのだ。

他《ほか》にも要因は色々あった気もするが、きっかけと言われればその言葉だった気がする。些細《ささい》な原因だと呆《あき》れられるかもしれないが、当時の私にはそれぐらいショックな出来事だったのだ。

スチュワートは当時、八歳ぐらいだろう。そんな子供のたわごとを真に受けて、私は今日の今日まで家の外を嫌がってきたのだ。

だが、まさかそれがスチュワートだなんて思いもしなかった。

深く傷ついたであろう当時の自分が可哀想《かわいそう》ではあるが、十八歳の私はそれを言った相手すらまともに覚えていないのだ。

今までひきこもってきたことが、なんだかひどく馬鹿馬鹿《ばかばか》しく思えた。

「では、スチュワート様はそのことに責任を感じて――――？」

「どうだろうな。何度も構わないと言っているのだが、フランを嫁《よめ》にと聞かないんだ。縁談なら選び放題だろうにな」

「義理堅《ぎりがた》い方ですね。そんな子供のたわごとに、いつまでも責任を感じる必要なんてありませんのに」

いや、スチュワートが今の今まで責任を感じ続けたのは、その言葉を真に受けて家に籠《こも》った私のせいだと分かっている。

そう考えると彼も私の身勝手で迷惑《めいわく》をかけた一人かもしれないと、途端《とたん》に罪悪感で胸が痛くなった。

(改めて、もうお気になさらないでくださいと伝えられたらいいのだけれど)

「そうだね。お前の口からはっきり、その必要はないと言ってあげるといい」

父がにっこりと笑《え》みを浮《う》かべて言う。

その瞳《ひとみ》になぜか油断ならない光を見た気がしたが、穏《おだ》やかな性格の父だ。きっと気のせいに違いない。

第二章◆不動の騎士

翌日も更《さら》にその翌日も、投票は四票とも白紙という日が続いた。

次期国王はなかなか決定しない。

（こんなことで、本当に国王が決まるの？　空白期間が長引けば長引くほど、庶民《しょみん》の不安は増し新国王の信用は失われていく。こんなやり方、お祖父様《じいさま》らしくないわ）

私は未《いま》だに、亡《な》きお祖父様の意図を測りかねていた。

チェスでも政治においても、先読みを得意としたお祖父様なら、こうなることは分かり切っていたはずだ。

なのになぜ、彼は王家の血を引く者たちの中から私たち四人を選び出し、わざわざ投票によって次期国王を選出するようになんていう遺言《ゆいごん》を遺《のこ》したのだろう。

考えれば考えるほど謎《なぞ》は深まるばかりで、お祖父様の意図に沿おうとすればするほど誰に投票していいのか分からなくなるのだった。

家格から言えば間違《まちが》いなくスチュワートだろう。人望もそこそこにあると聞く。主に高位貴族からの支持が多く、立ち居振《いふ》る舞《ま》いも申し分ない。国王としての威厳《いげん》も備えている。

しかし彼の杓子定規《しやくしじようぎ》なやり方は、時に策略を必要とする国王業には向いていない気がした。

以前、お祖父様からの手紙にはこんなことが書かれていた。

——人を欺《あざむ》き、己《おのれ》すらも欺くことができなければ、よい国王にはなれない。

シアンは個人的にはそりの合わない相手ではあるけれど、実務に関しては優秀《ゆうしゆう》だろうと予想された。スチュワートに対してだけ異常なライバル心を発揮して冷静さを失っているように見えるが、意外なことに人望がないというわけでもないらしい。彼を支持しているのは主に下位の貴族。中には彼を盲目的《もうもくてき》に支持している貴族子息などもいると聞く。

彼のチェスでの棋譜《きふ》をいくつか見てみたけれど、どれも思慮《しりよ》深い搦《から》め手のいい手だった。少なくとも彼なら、スチュワートのようにその真っすぐさで不適格だということにはならない。

しかしだからと言ってシアンが一番相応《ふさわ》しいのかというと、それもまた首を傾《かし》げてしまうところだ。いつもいつもスチュワートに突《つ》っかかっていくところを見ると、万事《ばんじ》に対して冷静であるとはどうしても言い難《がた》い。

最後にアーヴィンだが、この人はこの人でよく分からないのだった。

騎士団の団長をしているのだから統率《とうそつ》力はあるのだろう。彼がその職に対して不適格だという話は聞かない。

しかし如何《いかん》せん無口すぎて、私はまだ彼がどういう人間なのかよく分かっていなかった。

何を考えているか相手に悟《さと》らせないポーカーフェイスという意味では、もしかしたら彼が一番国王に向いているのかもしれないが。

そういうわけで、私は父からの情報や噂《うわさ》などからの情報収集に限界を感じ、実際に騎士団で働いているアーヴィンを見にいくことにした。

元ひきこもりにとって沢山《たくさん》の人がいる屋外の演習場はとてもハードルが高い場所ではあったが、例のひきこもりになった原因がスチュワートの言葉だと分かって以来、外出に対する抵抗《ていこう》感も弱まっているのを感じる。

あとはどうやって、周囲に自分だとばれないようにするかだ。

次期国王を決める後継者《こうけいしゃ》会議は、貴族たちの注目の的である。私がその候補の一人であると知れたら、内情を探《さぐ》ろうと色々な人に話しかけられかねない。

そういうわけで私は黒を基調としたドレスに着替《きが》え、喪《も》に服していることを表すベールを被《かぶ》った。

普通《ふつう》は夫を亡《な》くした未亡人などがこうして社交界に顔を出すものだが、私自身祖父を亡くして日が浅いので一応礼儀《れいぎ》にはかなっている。

今日も今日とてメアリーに付き添《そ》ってもらい、私は城内にある騎士団の演習場に顔を出した。

城内とは思えない土の露出《ろしゅつ》した殺風景な場所に、鎧《よろい》姿の男たちが剣《けん》を交《か》わしたり型の確認《かくにん》をしている。

荒々《あらあら》しい掛《か》け声を聞くたび身が竦《すく》んだ。

ところが一方で、演習場には専用の観覧スペースがあり、若い令嬢《れいじょう》たちが日傘《ひがさ》片手に声援《せいえん》を上げている。

口に手を添えてこそこそと何かを話し合う彼女たちに、私は剣に対するのより更に強い恐怖《きょうふ》を感じた。

「大丈夫《だいじょうぶ》ですか？　お嬢様《じょうさま》」

私の異変に気付いたのだろう。

心配するメアリーに、大丈夫だと軽く手を振《ふ》る。

か弱い淑女《しゅくじょ》相手に恐怖してどうする。私は彼女たちより圧倒《あっとう》的に恐《おそ》ろしい国王候補たちを相手にしなければならないのに。

そうしてなんとか観覧スペースの端《はし》に陣取《じんど》り、持参したオペラグラスでアーヴィンを捜《さが》した。

するとちょうどいいタイミングで、近くにいた令嬢がアーヴィンの名を呼ぶ。

「アーヴィン様、頑張《がんば》ってくださいませ」

「きゃー、スチュワート様負けないで！」

と、彼女たちの口にする言葉から聞き捨てならない名称《めいしょう》を拾い、私はそちらに目をやった。

彼女たちの視線の先には、剣を交わす二人の騎士の姿がある。

頭にも冑《かぶと》を被っているので顔は見えないが、おそらくあれがアーヴィンとスチュワートなのだろう。

(どうしてスチュワートが、騎士団の演習に参加しているの?)

貴族子息で構成される騎士団だが、王族がそこに参加することはまずない。なぜなら騎士団とは王族を守りかしずくものだからだ。

そこで団長をしているアーヴィンが特殊《とくしゅ》なのであって、間違っても王族としての自負に溢《あふ》れたスチュワートが騎士団に所属するなんてことは考えられなかった。

恐らく力試《だめ》しというところだろうが、それにしては甲冑姿の騎士の動きはどちらも堂に入っている。

素人目《しろうとめ》には、彼らの動きだけでどちらがどちらか判断するのは難しそうだ。

剣を打ち合い、一合二合。

二人の騎士は距離《きょり》を取り、そしてまた突進《とっしん》してぶつかり合う。

それは宮廷剣術《きゅうていけんじゅつ》というにはあまりにも荒々しく、アーヴィンはともかくとしてその片割れがスチュワートだなんて、とても信じられなかった。

「はあ、スチュワート様やっぱり素敵《すてき》」

近くにいた令嬢がうっとりと呟《つぶや》いたので、私は思わず彼女に話しかける。

驚《おどろ》いていたのだ。

普段《ふだん》の私なら見知らぬ相手(しかも若い令嬢)に話しかけるなんてこと、絶対にできなかったに違《ちが》いない。

「あの、あなたにはどちらがマクニール公か、見分けがつくのですか？」

すると彼女は、信じられないものを見るような目で私を見た。

「信じられない！　あなたあの優雅《ゆうが》な動きを見て、スチュワート様がお分かりにならないとおっしゃるの⁉」

そう詰《つ》め寄られても、私にはどちらの騎士も優雅とはほど遠い動きをしているように見える。

彼らの足元からは土煙《つちけむり》が立ち、練習を行っていた騎士たちも段々二人の応援に集まり始めていた。

「あなた！　その言い方ではまるでアーヴィン様が無骨のようではありませんか」

そこに、また別の令嬢が参戦する。

どうやら彼女は、アーヴィンのシンパであるらしかった。

「実際、そうではありませんか。アーヴィン様の剣は王族としては乱暴すぎます」

「なんですって⁉　あの方はウィルフレッド一世陛下の弟君のご子息であらせられるのよ。それを乱暴だなんて……ご自分のことをおっしゃっているのかしら？」

「なんですって⁉」

（まずい）

あれよあれよという間に、口を出す令嬢がどんどん増えて大人数での言い争いになってしまった。

予想もしない展開に、私はあわあわと後ずさるより他《ほか》ない。

「お嬢様。一旦《いったん》馬車に戻《もど》りましょう。ここにいてはお体によくありません」

心配したメアリーが、一時的な撤退《てったい》を申し出る。

私もそうするべきだと思ったが、思わぬところから邪魔《じゃま》が入った。

「お前……フランチェスカか？」

ぎょっとして声のした方を見ると、そこには冑を外したスチュワートが立っていた。

どうやら口論が激化している間に、二人の立ち合いは終わっていたらしい。

「こんなところで何を？」

彼が怪訝《けげん》そうにするのは尤《もっと》もだ。その後ろにはアーヴィンもいる。

私はさあっと血の気が引くのを感じた。

次の瞬間《しゅんかん》、二人の存在に気付いた令嬢たちが甲高《かんだか》い悲鳴を上げる。

「スチュワート様！」

「とっても素敵でしたわ」

「アーヴィン様の剣技《けんぎ》、惚《ほ》れ惚《ぼ》れいたしました！」

「これわたくしが刺繍《ししゅう》したハンカチです。どうか受け取ってくださいませっ」

観覧スペースには一応柵《さく》があるのだが、彼女たちはそれから身を乗り出し今にも溢れかえりそうになっていた。

(ああ、やっぱりこんなとこにくるんじゃなかった!)

私は演習場にのこのこやってきた己《おのれ》の判断を恨《うら》んだ。

しかしとっくに手遅《ておく》れなことは明らかで、ベールの下で引きつった笑いを浮《う》かべるのがやっとだったのだが。

「う……わっ!」

そんな風に、悠長《ゆうちょう》に構えていたのがいけなかったのかもしれない。

私は集まる令嬢たちの輪から弾《はじ》き飛ばされ、体勢を崩《くず》した。このままでは喪服《もふく》姿のまま演習場の土にダイブだ。

(やっぱり外になんて出るんじゃなかった! 私なんて屋敷《やしき》の中にひきこもっていればいいのよ!)

ほんの一瞬《いっしゅん》のことだったと思うのだが、頭は後悔《こうかい》でいっぱいになった。

嫁《い》き遅《おく》れの令嬢が、うら若き令嬢たちの前で惨《みじ》めな姿を晒《さら》す。そんな自分の姿まで想像したくらいだ。

しかし実際には、そんな風にはならなかった。

「淑女たち。そんなに柵から身を乗り出しては危ない。どうかお気持ちを静めてください」

私に嫌《いや》みを言った同一人物とは思えないほど、優《やさ》しい口調でスチュワートは言った。

銀の巻き毛は汗《あせ》で輝《かがや》き、それを乱暴にかきあげる仕草がまた様になっている。

（う、うわぁ〜）

なんと私の体は、スチュワートの腕《うで》によって支えられていたのだ。エスコートのために添えられた時とは違う力強い腕と、息がかかるほど間近に迫《せま》った美しい顔に悲鳴を上げたくなった。

実際、外野からは悲鳴とも怒声《どせい》ともつかない声が上がっている。

私はその場を逃《に》げ出したくなった。

スチュワートは私と目が合うと、まるで好きで助けたわけではないとでもいうように、ぷいとそっぽを向いてしまった。

しかし詰めかけた令嬢《れいじょう》たちには、別人のような穏《おだ》やかさでもって落ち着くよう声をかけている。

その姿を見ていると、なんともいえない気持ちになるのだった。

（私には『変な顔』って言ったくせに）

思わず過去の出来事まで持ち出して、彼を非難したくなる。

助けられておいて、こんな風に思うのはお門違《かどちが》いだと分かってはいるが。

「フランチェスカ嬢。こちらへ」

令嬢たちがスチュワートに気を取られているのを見計らったように、アーヴィンが声を掛《か》けてきた。彼は場所を変えようとでも言いたげに、籠手《こて》を外し手を差し出してくる。

「いえ、わたくしはこれで……」

家に帰りたい気持ちではち切れそうな私は、当然断るつもりだった。

でもアーヴィンの琥珀《こはく》色の瞳《ひとみ》が、無言の圧力をかけてくる。まるで、ここで逃げたらひどいぞとでも言いたげだ。

「侍女殿《じじょどの》。フランチェスカ嬢《じょう》は当家の召《め》し使《つか》いに送らせます。ファネル公爵《こうしゃく》にもそうお伝えください」

アーヴィンはそう言うと、戸惑《とまど》うメアリーを先に帰してしまった。

メアリーは私を置いていっていいものかと逡巡《しゅんじゅん》していたが、侍女が貴族であるアーヴィンに逆らえるはずがない。

「……失礼いたします」

（ううメアリー、私を置いていかないでっ）

遠ざかるメアリーの背中を見ながら、私は心細さで泣きたくなった。

しかし、ずっとこのままでいるわけにもいかない。令嬢たちは少しずつ私の正体に気付き始めている。このままここにいては再び彼女たちにもみくちゃにされかねない。

最後には観念してアーヴィンの手を取った。

剣《けん》の練習を重ねたせいだろう。それは貴族のものとは思えないような、皮膚《ひふ》の硬《かた》い武骨な手だった。

いつの間にか令嬢たちを説得したらしく、気付けばアーヴィンの後ろにスチュワートが立っている。

彼はアーヴィンの手の上に載《の》っている私の手を一瞥《いちべつ》し、分かりやすく眉《まゆ》を寄せた。

（練習の邪魔をして悪かったわよ。でもそんなにあからさまに表情を変えなくてもいいじゃない！）

どうも、ひきこもりになる原因がスチュワートだったと知ってから、時たま彼に対して反抗《はんこう》的な自分が顔を出す。

いつも他人の動向に怯《おび》えてしまう私が、こんなに誰《だれ》かを腹立たしく思うのは珍《めずら》しいことだ。

「行きましょう、アーヴィン様！」

さっきまでと打って変わって勇ましく歩き出した私に、アーヴィンが驚いて目を丸くしていた。


私が連れていかれたのは、演習場の近くに建つ騎士《きし》団の詰《つ》め所《しょ》だった。

詰め所と言っても貴族子息が集《つど》う騎士団のものだから、その内装は無骨というよりはどちらかというと優美だ。

ご丁寧《ていねい》に絨毯《じゅうたん》の敷《し》かれた部屋で待っていると、肩口《かたぐち》で金髪《きんぱつ》を切りそろえた男の子がお茶を出してくれた。彼も騎士団の紋章《もんしょう》が入った貫頭衣《かんとうい》を着ているから、見習いの小姓《こしょう》に違《ちが》いない。

そうしてしばらく待っていると、部屋に防具を外したスチュワートとアーヴィンの二人が入ってきた。鎧《よろい》の下に着るダブレット姿は、いつもの貴族然とした恰好《かっこう》とは違って見える。

「フランチェスカ。どうしてあんな所にいた？　ひきこもりのお前が」

部屋に入ってくると挨拶《あいさつ》すらもなく、スチュワートは私を咎《とが》めるように言った。

先ほど令嬢たちに対応していた態度とは大違いだ。

「――騎士団の練習を見学していたのです。いけませんか？」

言い返してくるとは思っていなかったのだろう。スチュワートは驚《おどろ》いた顔になった。

私はと言えば、どうして怒《おこ》られなければいけないのかとやけになっている。

「二人とも落ち着いて。座って話そう」

年長者の余裕《よゆう》か、アーヴィンが嫌《いや》そうにするスチュワートを私の向かい側に座らせた。彼は小姓の青年に三人分のお茶を用意させると、彼に部屋から出るように言った。

残ったのはかぐわしい香《かお》りの新しいお茶と、次期国王候補の三人だけ。

「それで、聞かせてもらおうか。どうして演習場にいたのか。私たちの弱みでも握《にぎ》りに来たのか？」

無愛想《ぶあいそう》なスチュワートから投げつけられた乱暴なセリフに、私は怒《いか》りを通り越《こ》して唖然《あぜん》としてしまった。

どうしてここまで言われなければならないのか。怒りのあまり、頭に上っていた血が噴《ふ》き出すかと思った。

「お言葉ですが、別にあなた様を見に来たわけではありませんわ。わたくしはアーヴィン様にお会いするためにこちらに参ったのです」

精一杯《せいいっぱい》スチュワートを睨《にら》みつけながら言うと、彼は困惑《こんわく》したように眉を寄せた。

「おい、それはどういう……」

「俺に？　一体どのようなご用件でしょうか」

このままでは喧嘩《けんか》になるとでも思ったのか、アーヴィンが落ち着いた口調でスチュワートの言葉を遮《さえぎ》る。

勢いで〝会いにきた〟と言ってしまったが、別に用事があったわけではない。

内心では物凄《ものすご》く焦《あせ》っていたが、それを外に出さないように必死で取り繕《つくろ》う。

「用、というほどのことではないのです。ただ、わたくしはあまりにあなた方のことを知らないので、どのような方か知るために参りました。普段《ふだん》の様子を拝見しようと思いまして」

「それは、投票のために？」

「何も知らないのに、適当な方に投票するわけにはまいりませんから」

人見知りの私にしては、堂々とした受け答えができたと思う。彼らのことを知るためにここに来たのは本当だし、スチュワートではなくまずはアーヴィンを見に来たのだって本当のことだ。

「……何も、知らないだと？」

信じられないとでもいうように、スチュワートが言った。

「ええ。ご存じの通り、わたくしは十年以上屋敷《やしき》に籠《こも》っておりました。今更《いまさら》だという叱責《しっせき》ならば甘んじて受けますわ」

恐怖《きょうふ》を通り越して、肝《きも》が据《す》わったのかもしれない。

言いたいことを言うと胸がすっとした。

（そうだ。ひきこもっていたのが今更外界と関《かか》わろうというのだから、反発があるのは当たり前。私も覚悟《かくご》をしなければいけなかった。次期国王を選ぶという重責から、逃げないという覚悟を）

緊張《きんちょう》して多分変な顔になっているだろうけれど、構わずスチュワートの目をじっと見つめた。

すると絶対言い返してくるだろうと思ったのに、彼は顔を伏《ふ》せて席を立ってしまった。

「……急用を思い出したので、今日は失礼する」

スチュワートは彼らしくない小さな声で押し殺したようにそう言うと、すたすたと部屋を出て行ってしまった。

私は唖然として、心なし小さくなったように見えるその背中を見送った。

「くく……はははっ」

突然《とつぜん》の笑い声に、ぎょっとしてそちらを見やる。

すると先ほどまで貫禄《かんろく》十分だったアーヴィンが、まさしく破顔していた。

彼は口を大きく開けて笑い、あろうことか目尻《めじり》を指で拭《ぬぐ》っている。

「な……なにがおかしいのですか？」

意味も分からず笑われるというのは、居心地《いごこち》の悪いものだ。

思わずそう問いかけると、彼はさきほどとは打って変わって優《やさ》しい目で私を見た。

「いや、失礼。スチューをあんなに落ち込ませられることができるのは、あなたぐらいだと思いまして」

「落ち込ませる？　わたくしがですか？」

アーヴィンの言う言葉の意味が理解できない。

スチュワートは少し話しただけでも、滅多《めった》に自分を曲げない人間だと分かる。それが落ち込んでいるところなんて想像がつかない。更《さら》に言うなら、一方的に言われてばかりの私に、彼を落ち込ませることができるなんてとても思えないのだが。

一体彼は今のやりとりの何を見て、どうしてそんな風に思ったのか。

「ふふ。あなたは賢《かしこ》い女性のようだが、どうにも少し鈍《にぶ》いようだ」

アーヴィンはおかしそうにそう言って、カップを傾《かたむ》けた。

一体何が言いたいのだろう。面と向かって話すのは初めての相手だが、まるで言葉の通じない異国の人と話している気分だ。

「スチューが可哀想《かわいそう》だな。これでは」

彼は独り言のように言って、カップのお茶を飲み干した。

ふと、私はあることに気が付く。

「あの、お二人は随分《ずいぶん》親しいのですね？」

アーヴィンは今、スチュワートのことを愛称《あいしょう》であるスチューと呼んだ。

同じ王族なのだからファーストネームで呼ぶことは珍しくないが、愛称で呼ぶとなると余程《よほど》仲のいい相手ということになる。

今までの後継者《こうけいしゃ》会議で、二人が親しく話しているところなど見たことがなかったので意外に思った。

「親しい、といっても偶《たま》に剣を交える程度だが。王族の中でという意味で言えば、そうかもしれませんね」

会議で会う時よりも、彼は饒舌《じょうぜつ》だった。

「では、どうして後継者会議の際には、不仲そうに振《ふ》る舞《ま》うのです？　あなた方が懇意《こんい》であるなど、わたくしは全く知りませんでした。おそらくはモラン侯《こう》も……」

何より不思議だったのは、彼らがお互《たが》いに投票し合わないという点だった。

不仲であるシアンやひきこもりで女の私より、気心の知れた相手に投票したいと思うのは当然だろう。

だというのに、投票の結果はいつも全《すべ》て白紙だ。

「それには俺も困っているんです。スチューは曲がったことの嫌《きら》いな奴《やつ》だから、後継者会議もなれ合わず正々堂々と戦おうと言い出して……」

「というと？」

「自分に投票するなということですよ。彼は親しいからというだけの理由で自分に投票されるのが我慢《がまん》ならないらしい」

仕方がないやつだとでも言うように、アーヴィンが小さく笑った。

先ほどの大笑いでも思ったが、彼のそんな顔を見るのは初めてで私は驚きを隠《かく》せない。

「――それはまるで、あなたがマクニール公に投票したがっているように聞こえますわ」

「実際その通りですよ。俺はあいつこそ、次期国王に相応《ふさわ》しいと思っている……あなたには申し訳ないが」

突然謝られたので、一瞬《いっしゅん》その意味が分からなかった。

しかしよく考えてみれば、候補者の一人なのだからまあこういう風に言われるのもおかしくはないのかもしれない。むしろ、女である私をアーヴィンが正式に候補者の一人として見ていることの方が意外に思えたが。

「いいえ。誰《だれ》が誰に投票したいと思うのかは自由です。謝っていただくようなことではございません」

そう言うと、なぜかアーヴィンは嬉《うれ》しそうな顔をした。

「立派に——ご成長なさいましたね」

彼の口調は優しかった。

私は彼の言葉に面食《めんく》らう。

(まるで、以前どこかで会ったことがあるみたいに言うのね)

しかし記憶《きおく》をひっくり返してみても、後継者会議で招集される以前に彼に会ったという記憶はない。

「失礼ですが、以前どこかでお会いしましたでしょうか?」

アーヴィンの不興を買うのは覚悟の上だったが、返ってきたのはただの温和な笑《え》みだった。

「覚えていらっしゃらないのも無理はない。以前お会いした時、あなたはまだ幼かった」

彼の言う、〝以前〟というのはいつだろうか。幼いということは、物心つく前。少なくともひきこもりになる前のことだと思うのだが。

「あなたにお会いしたのは、ファネル公爵《こうしやく》家の庭先でのことです。父の遣《つか》いで公爵家に伺《うかが》ったのですが閣下は来客中で、暇《ひま》を持て余《あま》した俺は勝手にお庭を拝見していました。あなたは庭の奥で、ボール遊びをしていた。もう十五年程前になります」

他人の家の庭を勝手に散策するというのは、今の礼儀《れいぎ》正しいアーヴィンからは想像もできないことだ。

しかし十五年前なら私は三歳。アーヴィンは十五歳の少年ということになる。

どんなに頑張《がんば》っても思い出せそうになかったが、懐《なつ》かしそうに話す彼は嘘《うそ》を言っているようには見えなかった。

「あなたはお転婆《てんば》で、乳母《うば》にばれてしまうからここで会ったことは秘密にしてくれと言われましたよ。それからボール遊びの相手をしろとも」

くすくすと思い出し笑いをされ、私は自分の顔がかっかと熱くなるのを感じた。

今では信じられないことだが、当時の私は人見知りなどまったくしなかったらしい。

「けれどその時、屋敷の庭に野犬が迷い込んできたんです。あなたは勇敢《ゆうかん》にも、ボールを投げて犬を撃退《げきたい》しようとした。でも残念ながら、子供用の柔《やわ》らかいボールは犬の闘志《とうし》を煽《あお》るだけで。犬はあなたに飛びかかって――」

「そんな⁉」

自分がそんな無茶《むちゃ》なことをしたのかと、悲鳴を上げたくなった。

危険なのはもちろんだが、己《おのれ》どころかアーヴィンまで危険に晒《さら》す行為《こうい》だ。

「ご心配なく。ちゃんと追い払《はら》いましたよ。ただ俺は足を挫《くじ》いて動けなくなってしまいました。あなたは泣きじゃくってしまわれて……」

穴があったら入りたいどころか、自分で穴を掘《ほ》りたいぐらいだ。

恥《は》ずかしくて恥ずかしくてたまらない。

しかしアーヴィンはどうやら、私に謝ってほしいわけではないようだった。

「いいえ。俺はあなたにお礼が言いたかった。当時の俺は、そのまま王族として漫然《まんぜん》と生きるだけでいいのかと、将来に迷っていました。そして小さいながらに野犬に立ち向かったあなたの勇気に、俺は感動したんです」

「そ、そんな大層なものでは……」

私が深く恥じ入っていると、アーヴィンはそれまでと違《ちが》う少し意地の悪い笑みを浮《う》かべた。

「それに、野犬を追い払ったお礼にと、あなたは俺を自分の騎士《きし》に任じると言ってくださった。ぼろぼろに泣きながら、ここに誓《ちか》いのキスをくれました」

そう言って彼が指さしたのは、右の頬《ほお》だった。

恐《おそ》らく幼い私は、アーヴィンを喜ばせたかったに違いない。頬へのキスは親愛の証《あかし》。父や母にするといつも喜ばれていたから。

遠い遠い記憶がほんの少しだけ蘇《よみがえ》ってきて、私はいても立ってもいられなくなった。

「とっ、とにかく今日は突然お邪魔《じゃま》して大変失礼しました！　い、家の者が心配しますので、今日はもう失礼します！」


「本当に、ご迷惑《めいわく》を……」

ばねのように激しく椅子《いす》から立ち上がると、私はアーヴィンの返事も待たず背を向けた。

これ以上自分の黒歴史と立ち向かう勇気はない。どころか、もうアーヴィンの顔を直視する勇気すらなかった。

(ああ幼い頃《ころ》の私、なんてことをしてくれたんだ)

マナーなんてかなぐり捨てて、エスコートを待たず自らドアを開く。

外で待機していた小姓《こしよう》の少年は、とても驚《おどろ》いた様子だった。当然だろう。貴族の女性がこんなことをするのは重大なマナー違反《いはん》だ。

そして転がるように、私は部屋を出た。

しかし、ハタと気が付く。そう言えばメアリーと我が家の馬車は既《すで》に帰されてしまっているのだ。

私が自分の屋敷《やしき》に戻《もど》るには、馬車と御者《ぎよしや》を貸してもらわなければならない。

「そう急がないで。外までご一緒《いっしょ》いたします」

そう言って、アーヴィンが私の腰《こし》に手を回した。

思わず喉《のど》が引きつる。悲鳴はどうにか発せず堪《こら》えた。

家族でもない男性に、腰を抱《だ》かれてエスコートされるなんて人生で初めての経験だ。

アーヴィンは小姓の少年に馬車と御者を用意するよう伝え、私と並んで詰《つ》め所《しょ》を出ようとした。

ところが、私の騎士団訪問はそれだけでは終わらなかった。

建物を出たところで、慌《あわ》てて着替《きが》えたらしい騎士の集団に囲まれてしまったのだ。

「失礼ですが、次期女王候補フランチェスカ・ファネル嬢《じょう》とお見受けします。どうか我々の話を聞いてはいただけないでしょうか」

騎士団といえば貴族子息の集団。つまり実技よりもむしろ外見とか家柄《いえがら》とかの方が重要な集まりだ。

人見知りでひきこもりをしていた私が、そんなきらきらとした集団に囲まれて平気でいられるはずがない。

それも、腰には相変わらずアーヴィンの手が添《そ》えられている。

(ああ、今すぐに気を失うことができたらどんなにいいだろう)

咄嗟《とっさ》にそう思ってしまったのだって仕方のないことだろう。

「お前たち。一体なんの騒《さわ》ぎだ？　フランチェスカ嬢に失礼だろう」

アーヴィンはこの上なく冷静に、部下たちをたしなめている。

「しかし団長。我々は団長こそ、次期国王に相応《ふさわ》しいと思っているのです」

「そうです。もしあの頭でっかちのモラン侯《こう》が王位につけば、我々騎士団は蔑《ないがし》ろにされるに違いない！」

「そうだそうだ！」

突如《とつじょ》ヒートアップした騎士たちが、今度はアーヴィンに詰《つ》め寄る。

どうやら同世代の彼らの間で、シアンの評判は最悪らしい。

(同世代の貴族からの支持なし……っと)

現実逃避《とうひ》も兼《か》ねて、私は心のノートにそう書き込んだ。今のところシアンの項目《こうもく》には、チェスの名手であること以外長所は見当たらない。

更《さら》にアーヴィンの項目には、騎士団団員からの支持が厚いと追記する。まあ既に分かっていたことではあるけれど。

(若手貴族の支持が強いのはスチュワートだけかと思っていたけれど、なかなかどうしてアーヴィンも有力なのね。本人は望まないでしょうけれど)

私の脳裏《のうり》に、先ほどのアーヴィンとのやりとりが蘇る。

アーヴィンはスチュワートこそ次期国王に相応しいと思っているのだ。けれど当人が嫌《いや》がるからと、今まで彼の名前を投票せずにいた。

「落ち着け!」

熱くなる団員たちを、アーヴィンが一喝《いっかつ》する。

「この際だ。お前たちにははっきり言っておく。俺は国王になるつもりは無い!」

「団長!」

「そんな……っ」

騎士たちの中から、悲鳴のような声が聞こえた。

「俺は、この騎士団を大切に思っている。何より国の危機には、前線でお前たちと共に戦うつもりだ。国王となれば、そうはいかないだろう。どうか分かってほしい」

朗々と宣言したアーヴィンに、騎士たちが一気に静かになる。

「団長……」

「そこまで我々のことを……」

騎士たちの目には、涙《なみだ》が浮かんでいた。

なんだか、一気に熱い青春に巻き込まれた感がある。

(凄《すご》い……もう何が凄いのかよく分からないけどとにかく凄い……)

既にすっかり存在を忘れられているような気がしないでもないが、私は多少呆《あき》れながらそんな彼らを見守り続けた。

「お前たちには、要《い》らぬ心配をかけたな。立場をはっきりとさせなかった俺の責任だ。俺は明日の後継者《こうけいしゃ》会議で、スチュワートに投票する」

アーヴィンの宣言に、その場にいた全員が息を呑《の》んだ。

誰《だれ》に投票するか公表することは、国王になる意志がないと宣言する以上にとんでもないことだ。

なぜなら今の王宮は、四人の中の誰が国王になるのかと誰もが息をひそめて見守っている。

誰が国王になるかで大きく勢力図は書き換《か》わるだろう。女である私は望み薄《うす》だと思われているのかそうでもないが、他《ほか》の候補の屋敷にはそれぞれ手紙や贈《おく》り物が大量に届き、服喪《ふくも》の期間であるにもかかわらず大変な騒ぎだそうだ。

私としてはもっとお祖父《じい》様の死を悼《いた》んでほしいと思うのだが、次期国王を決めることは即《すなわ》ち国の行く末を決めることなのだから、仕方ないといえば仕方ないのかもしれない。

「団長！」

涙を堪えきれなくなった騎士《きし》たちが、次々にアーヴィンに突撃《とつげき》していった。

私はたまらず、目立たないように即時撤退《そくじてったい》だ。

きっと見る人が見れば感動のシーンなのだろうが、いささか温度と湿度《しつど》が高すぎる。私は青春群像劇を前に恐《おそ》れをなし、尻尾《しっぽ》を巻いて逃《に》げ出したのだった。

「やっぱりここだったか」

声を掛《か》けられ、項垂《うなだ》れていたスチュワートは顔を上げた。

ダブレット姿のままの彼に対して、アーヴィンはすっかり帰り支度《じたく》を整えている。

詰め所の裏手、人目につかない裏庭のベンチの上だ。

何かうまくいかないことがあると、スチュワートはここに一人でいることが多い。

「重症《じゅうしょう》だな。さっさと支度を整えてこい」

スチュワートはアーヴィンの父に剣《けん》を習ったので、二人の付き合いは十年以上になる。年は少し離《はな》れているが、もう兄弟のような仲だ。

アーヴィンは、父に弟子《でし》入りしたいと屋敷に押しかけて来た少年のことを思い出す。小さな体で、少年は愛する人を守るために強くなりたいと言った。それ以来彼は鍛錬《たんれん》を積み重ね、本当に誰かを守るだけの力を得た。

ただ誤算があるとすれば、その愛する人というのが家にひきこもって出てこなくなってしまったことだろう。求婚《きゅうこん》しようがなしの礫《つぶて》で、スチュワートの焦燥《しょうそう》ぶりは傍目《はため》にも可哀想《かわいそう》なほどだった。

ウィルフレッド一世の死をきっかけに、彼女はようやく表舞台《おもてぶたい》に現れた。しかし今度はスチュワートからの求婚など知らないと言いきり、その時も彼はここで項垂れていたのを思い出す。今落ち込んでいるのは恐らく、何も知らないと言われたことをショックに感じているのだろう。

(本当に彼女は罪深い)

口元に苦笑《くしょう》を湛《たた》えて、アーヴィンはその人物を思い浮《う》かべる。

艶《つや》やかな臙脂《えんじ》の髪《かみ》に、鮮《あざ》やかなピーコックグリーンの瞳《ひとみ》。いつもおどおどと落ち着かない様子だが、ふとした時に見せる真剣《しんけん》な瞳は遠い日の出来事を思い出させる。

「何も知らないと……私はずっと、彼女のことを想《おも》ってきたのに……」

ぽつぽつと、スチュワートが悲し気に呟《つぶや》く。普段《ふだん》は決して弱音など吐《は》かないのだが、彼女のこととなると別であるらしい。

「そんなに好きなら、どうしてもっと優《やさ》しくしてあげないんだ？　彼女といる時のお前を見てると、いつも喧嘩《けんか》を売っているようにしか見えないぞ？」

アーヴィンが常々思っていたことを指摘《してき》すると、ようやく顔を上げたスチュワートがこの世の終わりのような顔をしていた。

「そ、そんなにか？」

「そんなにだ」

迷うことなく頷《うなず》くと、スチュワートは更にがっくりと項垂れてしまった。いっそベンチから下りて地面に埋《う》まってしまうのではないかというような落ち込みようだ。

「緊張《きんちょう》して……つい厳しいことを言ってしまうんだ。本当は優しくしたいのに、気付いた時にはいつも手遅《ておく》れで……っ」

「お前……他の女性に対してはそつがないのにな」

アーヴィンは心底残念に思った。

この王子様は、引く手数多《あまた》で何事もそつなくこなすのに、本当に欲しいものに対してだけは不器用という悲しい性《さが》を持っている。

「そんなこと言ってると、他の男に先を越《こ》されるぞ。例えば俺とかな」

大の男相手に慰《なぐさ》めるのもどうかと思うので、発破をかけてアーヴィンはその場を去ることにした。

すると効果はてき面で、項垂れていたスチュワートがすかさず後を追ってくる。

「アーヴ！　今のはどういう意味だ⁉」

焦《あせ》る貴公子の声を背中に、アーヴィンは口元に小さな笑《え》みを浮かべていた。


翌日、アーヴィンは宣言通りスチュワートに投票した。

投票結果はスチュワート一票。他三票はいつも通り白紙無効だ。

投票が始まって以来初めての結果に、シアンは怒《おこ》り無言で会議場を出て行ってしまった。ドアを閉めることすらせず、物凄《ものすご》い速度でその背中が遠ざかっていく。

その時に、本当は私も部屋を出るべきだったのだ。

けれど最近ようやく慣れてきたとはいえ、コルセットで体を締《し》め付け重いドレスを纏《まと》っていれば、当然のことながらそんな俊敏《しゅんびん》に動くことはできない。

「どういうことだアーヴ。俺に遠慮《えんりょ》などせず、正々堂々戦うと決めただろう」

最初に食って掛かったのは、勿論《もちろん》スチュワートだった。

「条件は自分以外の三人の合意が必要なんだぞ？　そんなことを言っていてはいつまでも次期国王が決まらない。そして俺は、次期国王になるつもりはないんだ。お前こそが相応《ふさわ》しいと思っている」

会議場で、アーヴィンがこんなに喋《しゃべ》ったのは初めてかもしれない。

スチュワートは驚《おどろ》いて咄嗟《とっさ》に言い返す事ができず、ざわりという外を囲んでいた貴族たちの反応の方が早かった。

「では、ラックウェル伯《はく》はマクニール公に投票したのか！」

「モラン侯《こう》が飛び出していらしたのはこのせいだったのね」

今日の投票結果は、社交界に物凄い速度で広まることだろう。

それがどういう結果をもたらすのか、想像がつかなかったし考えたくもなかった。

「……とりあえず、場所を変えてはどうですか？　ここはあまりにも、人目につきます」

なんとなく立ち去るタイミングを逃《のが》してしまい、私は二人に忠告してみた。

これ以上余計な話をされて、ラックウェル伯とマクニール公が決裂《けつれつ》なんて噂《うわさ》が流れたら厄介《やっかい》だ。国王がスチュワートに決まった後にまで、影響《えいきょう》が出かねない。

そう——私はこの時、スチュワートこそが最も王位に近いと思っていた。

当人は不本意だろうが、彼はアーヴィンの一票を手に入れたのだ。そして私も少なからず、彼に投票してもいいかもしれないと思い始めていた。

個人的な感情としてはまだまだ意味不明で怒りっぽい人ではあるが、昨日私を助けてくれたのは本当だ。そして騎士団長であるアーヴィンと良好な関係を築いていて、元々人望もカリスマ性も、申し分のない血統すらも持ち合わせている。

スチュワートが即位《そくい》するのが我が国にとって最も負担が少なく、利益のある判断のように思えた。

だとしたら残すは、シアンの一票のみ。

スチュワートとは犬猿《けんえん》の仲の彼はごねるだろうが、頭の悪い人ではない。もしかしたらスチュワートが王になってからのことを考えて、自分が要職につく取引でも持ちかけて早々に折れる可能性すらあった。

「――もういい」

スチュワートが拗《す》ねたようにそっぽを向いた。

まるで子供のような仕草だ。私は思わず噴《ふ》き出してしまった。

「なにがおかしい？」

ぎろりと睨《にら》まれて、しまったと口を押さえる。

気位の高い王子様に対して、やっていいことではなかったかもしれない。

「まあまあスチュー。そろそろ彼女を目の敵《かたき》にするのは止《や》めたらどうだ？」

先ほどより緊張を緩《ゆる》めたアーヴィンが私たちの間に割って入った。

「なんだと!?　私は別に目の敵にしてなど……っ」

反論したスチュワートに、驚いたのは私の方だ。

目を剝《む》いてその表情を見ると、本気で自覚がなかったらしい。

「お前のフランチェスカ嬢《じょう》に対する態度を見ていると、そうとしか言いようがないぞ。もっと自分に素直《すなお》になった方がいい」

素直になったところで、今以上に攻撃《こうげき》されるだけのような気もするが。

なにせ他《ほか》の貴族の令嬢《れいじょう》たちには紳士《しんし》的な態度で接しているのに、どうしてか私に会うと親の仇《かたき》のように睨んでくるのだ。

(ずっとひきこもって貴族としての務めを果たさずにいた私が気に入らないのだろうと思っていたけれど、まさか他に理由があるのだろうか?)

窺《うかが》うようにスチュワートの顔を見上げると、うっすらとその頰《ほお》が赤くなった。

火に油を注いでしまったらしい。いつも涼《すず》やかな薄藍《うすあい》の瞳に、なにやら熱のある感情が浮かんでいる気がする。

反射的に頭を両手で庇《かば》ってしまった。

頭を叩《たた》かれたことなんてないが、危機を感じた動物としての本能という奴《やっ》だろうか。

「やめろよ。フ、フラン、フランが恐《こわ》がっているだろう?」

突然《とつぜん》、なぜかアーヴィンは私のことを愛称《あいしょう》で呼んだ。

別に不愉快《ふゆかい》ではないが、今まで一度も呼んだことがないのになぜ今と思う。

「フラン……だと?」

そう言った、スチュワートの顔はアーヴィンの背中で見えなかった。

ただまるで地の底を這《は》うような、その短いセンテンスだけで彼の怒《いか》りが伝わってくるような声だった。

「お前たち、いつの間にそんなに親しくなった?」

スチュワートは、私が友人であるアーヴィンと親しくなるのを危惧《きぐ》している様子だ。

いやまあ厳密には、アーヴィンがなぜか親しくなったふりをしているだけではあるが。

(心配しなくても、あなたからご友人を取ったりしませんよ。というか、こんな嫁き遅《いきおく》れのひきこもりにまで目くじら立てなくてもいいじゃない)

どうしてそこまで私を毛嫌《けぎら》いするのかと、苛立《いらだ》たしいというよりはもう疲《つか》れてきた。

(あなたが望む通り、無事次期国王が決定した暁《あかつき》にはそろそろ家を出ますわ。どこかに嫁《とつ》いで、もうあなたが負い目を感じて求婚《きゅうこん》するなんてこと、しなくてもすむように)

ひどく気の進まない未来予想図だったが、それが公爵令嬢《こうしゃくれいじょう》としての務めであることは分かっている。

「いつの間にも何も、昨日お前が俺たちを置いて先に帰ったんじゃないか」

考え事をしている間も、アーヴィンは面白《おもしろ》がって私と親しいごっこを続けていたらしい。

突然目の前の背中が消えて、次の瞬間《しゅんかん》肩《かた》を抱《だ》かれていたので驚いた。私の隣《となり》に回るのが、あまりにも一瞬《いっしゅん》の出来事すぎて。

「え……？」

「なっ」

もう一度見えるようになったスチュワートは、とんでもない顔をしていた。

以前遠い異国から我が国に運ばれてきた『オニガワラ』というやつみたいだ。

曰《いわ》く——異国の悪魔《あくま》。地獄《じごく》にいる者共。

こんな顔を会議場の外にいるお嬢さん方にも見せてあげたいと思った。そうすれば少しは、彼に対するイメージも変わるかもしれない。

「キャー！」

そんなことを思っていたら、背後で女性の悲鳴が聞こえた。

おそるおそる後ろを確認《かくにん》すると、開いていた扉《とびら》から顔を出した数人の令嬢が、怒りに顔を赤くしている。

「ひっ」

どうやら私がアーヴィンと親密にしていると、スチュワートだけでなく彼女たちにも誤解されたようだ。

（前門のタイガー、後門のウルフというやつね）

以前読んだ異国の本に、そんな一文があったのを思い出す。

タイガーは見たことがないが危険な生き物だろう。ウルフは犬より大きい肉食獣《にくしょくじゅう》だ。剥製《はくせい》がうちにある。つまり絶体絶命の危機ということ。

「わっ、わたくしはこれで失礼いたします。それでは！」

肉食獣に追われた草食獣《そうしょくじゅう》よろしく、決死の脱走《だっそう》。

今日は他の候補者と親交を深めようなんて馬鹿《ばか》なことは考えず、そのまま一目散で屋敷《やしき》に戻《もど》ったのだった。


更《さら》にその夜、もっと驚くような出来事が起きた。

「お嬢様《じょうさま》！　お嬢様大変です！」

メアリーが部屋に駆《か》け込んでくる。彼女がこんなに慌《あわ》てるのなんて珍《めずら》しいことだ。

それも時間は夜更《よふ》け頃《ごろ》、もう休もうかと思っていたところだった。

私は驚き、慌てふためくメアリーを落ち着かせる。

「どうしたの？　こんな夜中に」

「そっ、それが突然、モラン侯シアン様がいらっしゃいまして……ひどく酔《よ》っていらっしゃるご様子で、お嬢様を出すようにと……」

こんな時間に先触《さきぶ》れもなく突然やってくるなんて、考えられないようなマナー違反《いはん》だ。

それも我が家は公爵《こうしゃく》でシアンは侯爵《こうしゃく》。ほとんど考えられない暴挙と言っていい。

これはメアリーが慌てるのも無理はないと思いつつ、私は少し考えて言った。

「お父様とお母様は？」

「今夜はお二人で、ブロス伯爵《はくしゃく》家の夜会にお出かけになっております」

夜会というのは、一度出かけてしまえば明け方まで帰ってこないのが普通《ふつう》だ。

うちの両親は夫婦《ふうふ》仲がいいのでそんなこともないだろうが、他家では互《たが》いに秘密の恋人《こいびと》を持ち夜会で逢瀬《おうせ》を愉《たの》しむものらしい。

とにかく、戻るのがかなり遅《おそ》くなるのは間違《まちが》いない。

私は大きくため息《いき》をついた。

「いいわ。お望み通り私が対応します」

「しかしお嬢様……っ」

メアリーが信じられないとでもいうように私を止める。

ひきこもりで人見知りの私が、まさか客人の対応をすると言い出すなんて思いもしなかった顔だ。

確かにこんな夜中に、それも今まで嫌《いや》みしか言われたことのないシアンの対応なんてしたくない。それも酔っ払《ぱら》いの、だ。

しかし私だって、当家の人間としてきちんと対応しなければいけないことは分かっている。

(家令に任せることだってできる。きっと今までの私ならそうした。でも、それではいけなかったのだわ)

今まで、両親や使用人に、大切に大切に守られていた。

後継者《こうけいしゃ》会議で厳しい態度や言葉を向けられて、ようやく今のままじゃいけないと分かってきたのだ。

いくら格下とはいえ、シアンは公爵のすぐ下の侯爵であり、更には次期国王候補の一人。

(私に会いに来たというのなら、会ってやろうじゃないの!)

メアリーの助けを借りて急ぎ支度《したく》を済ませると、私は戦《いくさ》にも向かうような気持ちで部屋を出たのだった。


果たしてメアリーの言う通り、吹《ふ》き抜《ぬ》けになっている玄関《げんかん》には本当にシアンがいた。

「主は家を空けております。お引き取りを」

長年我が家に仕えてくれている家令が、断固として彼を押し留《とど》めている。

しかし遠目にも分かるほど度を失ったシアンは、まるで覗《のぞ》き込むように家令を威圧《いあつ》していた。

「だから、閣下ではなくご令嬢《れいじょう》にお会いしたいと、何度言えばわかる」

「お嬢様は既《すで》にお休みになっております。日を改めて、お越《こ》しくださいませ」

「それでは遅いと何度言えば分かる！　いいから早くフランチェスカを出せ！」

いくらなんでも、これはひどい。

シアンは余程《よほど》我を失っているようだ。それほどまでに、今日の投票結果が気に入らなかったのかもしれない。

二人の周囲では、少し遠巻きにフットマンやコックなどの男性使用人が手を出すこともできず成り行きを見守っていた。

酔ってもし狼藉《ろうぜき》を働こうともシアンは貴族。間違って彼を傷つけるようなことがあれば、使用人の首など簡単に飛びかねない。比喩《ひゆ》ではなく実際に。

だから私は、急いで階段を下りた。

メアリーが待つように言ったが、家令や使用人に何かあってからでは遅い。

「シアン様！」

長い長い階段を下り終えると、すっかり息が切れていた。

こんなに急いで階段を下りたのは、人生で初めてかもしれない。

「このような夜更けに、どのようなご用件でしょうか？　火急の用でしたら、わたくしが対応させていただきます」

「お嬢様！」

心臓はびくびくと縮こまっていたが、全身から虚勢《きょせい》をかき集めて精一杯《せいいっぱい》胸を張った。

家令が驚《おどろ》いたように私を見る。

「ほう、これはこれは」

シアンは半眼のまま家令を解放し、私に歩み寄った。

それだけで、ふわりと葡萄《ぶどう》酒の香《かお》りが私にまで届く。

彼は礼儀《れいぎ》を飛び越えた距離《きょり》まで私に近寄り、まとめる暇《ひま》もなく広がった髪《かみ》を一房《ひとふさ》持ち上げた。

「美しい姫君《ひめぎみ》。どうか私と結婚《けっこん》していただきたい」

そう言い放った酔っ払いに、周囲を取り囲んでいた使用人たちは騒然《そうぜん》となった。

「こんなふざけたプロポーズをされたのは初めてです」

厳密に言えば、面と向かってプロポーズをされたこと自体初めてだったが、そのことには敢《あ》えて言及《げんきゅう》しなかった。

「手厳しい」

「夜中に酔っぱらって乗り込んでくるような狼藉者に、どのような態度が望ましいのでしょう。

残念ながら社交に疎《うと》いわたくしではわかりかねます」

「はは。気が強いことだ。あなたにそのような気概《きがい》があるとは思わなかった」

シアンも、負けずにちくりと皮肉の剣先《けんさき》を向けてくる。

甘い言葉を囁《ささや》かれるより、こちらの方が何倍もらしくて思わず安堵《あんど》してしまった。

「バーンズ。シアン様を応接室に案内して、飛び切り苦いお茶を淹《い》れて差し上げて。話はわたくしが聞きます」

バーンズというのは家令の名前だ。

「お、お嬢様」

彼はとんでもないというように首を振《ふ》るが、今回ばかりは折れるわけにはいかなかった。

シアンに私が何をされようと、悪いのはシアンだ。格上の公爵家に常識では考えられないような時間に押しかけて来た上でのこと。非難の矛先《ほこさき》は全《すべ》て彼自身に向かうだろう。

しかし当家の使用人たちが彼に何かしようものなら、事の意味が全く違《ちが》ってしまう。もし爪《つめ》の先ほどの傷でもつけようものなら、シアンは我が家に使用人の罷免《ひめん》を訴《うった》え出ることができるのだ。

(罷免で済めば、まだいいでしょうけどね――)

私はシアンから目を離《はな》さないようにしながら、必死にどうすべきなのか頭を巡《めぐ》らせていた。

「お父様を呼び戻して」

近くにいたフットマンに、シアンには聞かれないようそっと囁く。

するとと彼ははっとしたように、玄関の外に飛び出していった。父を呼び戻すのは最後の手段だったが、仕方ない。

なぜ、私がここまで慎重《しんちょう》に事を運んでいるのか。

そこには、貴族の身分制度が関係している。

親戚《しんせき》である私とシアンの関係というのは、他人が思う以上に複雑なのだ。そして同じ次期国王（女王）候補に選ばれたことで、更《さら》にその複雑さが増してしまった。

シアンのお父様と私のお父様は異母兄弟。つまり私たちは従兄妹《いとこ》ということになる。

前国王からの血の濃《こ》さで言えば位は同等。しかしシアンはお父様を亡《な》くして、全てではないが既にその爵位《しゃくい》を継《つ》いでおり、一方私は父に庇護《ひご》された公爵令嬢《こうしゃくれいじょう》に過ぎない。

侯爵と公爵令嬢の地位は同等ではないのだ。

貴族の娘《むすめ》というのは、結婚相手の候補として大切に扱《あつか》われこそすれ、爵位は男親の付属品でしかない。

だから私の立場では、使用人に命じて無理矢理《むりやり》にシアンを追い出すことすらできないのだ。公爵である父がいなければ、私の立場というのは驚くほどに弱い。

これほどまでに、貴族の格差制度を馬鹿馬鹿《ばかばか》しいと思ったことはなかった。

シアンから遅《おく》れて応接室に入ると、彼はまるで自らの家のようにカウチで寛《くつろ》いでいた。長い足を組み、長く伸《の》びた前髪《まえがみ》を気まぐれに弄《いじ》っている。

「こんなに濃いお茶を出されたのは初めてだよ」

もう片方の指は、華奢《きやしや》なティーカップの取っ手に巻き付いていた。

見るとカップの中身は半分以上減っている。

どうやら出されたお茶を真面目《まじめ》に飲んだらしい。

さっきの私の言葉を聞いていたのだから、飲まないだろうと思っていたのに。そういうところが酔《よ》っ払っているという証左かもしれない。

「出された理由はお分かりでしょう？　今お帰りいただければさっきのことは水に流しますわ」

つまり、今夜の暴挙を忘れる代わりに、プロポーズはなかったことにしろというわけだ。

お互《たが》いのために、それが一番妥当《だとう》な解決方法だと思った。

しかしまだ酒の影響《えいきよう》から抜けきれないらしく、シアンは尊大に腕《うで》を組んだ。

「いいや。水に流さなくて結構。この場で返事をくれないか？」

私は再びため息をついた。

ここまでしぶとく粘《ねば》るということは、シアンにはそれなりの理由があるということだ。

そしてその理由には既に見当がついている。

ただそれを言うと彼が逆上する可能性があると思って、今まで言わずにおいただけだ。

私はちらりと、開けっ放しにしたドアの外を見た。

基本的に、未婚《みこん》の男女は密室に二人きりになってはいけないということになっている。騎士《きし》団の詰《つ》め所《しょ》ではスチュワートが出て行ってしまったのでアーヴィンと二人きりになってしまったが、あれも他人に知られればはしたないと顔をしかめられるようなことなのだ。

ドアの外ではバーンズが、何かあればすぐにでも飛び込みますぞという気魄《きはく》でこちらを睨《にら》んでいた。

「あまりにも性急ですわ。それは……今日の投票結果に関係がありまして？」

シアンが一番触《ふ》れてほしくないであろう話題を出すと、彼は余裕《よゆう》の表情から一変。苦虫を嚙みつぶしたような顔になった。

私は自分の前に用意されていたお茶を一口。

勿論《もちろん》、私用のそれは苦くない適度な濃度《のうど》だ。

シアンは足を解《ほど》くと、前かがみになって膝《ひざ》に肘《ひじ》をつき、顔の前で手を組んだ。

彼は剣《けん》を嗜《たしな》むスチュワートやアーヴィンと違って少し猫背《ねこぜ》なところがあるから、おそらくこちらの方が本来の寛いだ恰好《かっこう》に違いない。

「分かっているなら話は早い。手を組まないか？　と言っているんだ」

「というと？」

「明日《あした》の投票で、俺はあなたに投票しよう。代わりにあなたには俺に投票してもらいたい。たったこれだけで、スチュワートのみが一歩リードという印象を帳消しにできる。あなたにとっても悪い話じゃないはずだ」

まるで私が損をすることは何もないとでもいうように、シアンは言った。

しかし私は、その提案に素直《すなお》に頷《うなず》くわけにはいかない。

「馬鹿馬鹿しい。適当に投票するなとおっしゃったのはあなたではありませんか」

初めて投票が行われた日のことだ。

いきなり壁《かべ》に追い詰《つ》められ釘《くぎ》を刺《さ》された。そう簡単に忘れるはずもない。

シアンは大きく舌打ちをした。

「……引き換《か》えに貰《もら》い手のない嫁《い》き遅れ姫《ひめ》を貰ってやろうというんだ。なかなかに破格の条件だと思うが？」

「そんなつまらない餌《えさ》につられるとでも？　あまり見くびらないでいただきたいものです」

話している間に、段々イライラしてきた。

それは、ここが自分の住む屋敷《やしき》であるということも関係していたのかもしれない。

ひきこもりの私にとって、この屋敷は圧倒《あっとう》的なホームだ。そして人見知りを排《はい》した私の性格は、本来圧倒的なタクティカル。チェスでは守ることよりも攻めることに重きを置く人種というわけだ。

そんな私の言葉に驚いたのか、シアンが眉《まゆ》を上げた。

「驚いた。自分の陣地《じんち》ではずいぶんと強気だな」

いかにもチェスを嗜む人間らしく、彼は皮肉気に言った。

先ほどよりも、言葉がしっかりとしている。

酔いは醒《さ》めてきているのかもしれないが、先ほどの言葉を取り下げるつもりは無いらしい。

スチュワートと同じかそれ以上に、彼も厄介《やっかい》な人だと思った。

「捨て身で敵地に飛び込んできたあなたに、そんなこと言われたくないですわね。もしわたくしが既《すで》にスチュワート様の陣営《じんえい》に取り込まれていたとしたら、あなたは今頃《いまごろ》どうなっていたかしら？」

ちらりと意味ありげに、部屋の入り口を見た。

私からはバーンズの硬《かた》い表情が見えるだけだが、シアンからは位置的にドアの外を見ることができない。

シアンはかろうじて表情を保っていたが、私の言葉に動揺《どうよう》したのは一目瞭然《いちもくりょうぜん》だった。

私はスチュワートとアーヴィンとの共謀《きょうぼう》を匂《にお》わせることで、彼に今ここで殺されてもおかしくはないのだという警戒心《けいかいしん》を呼び起こしたのだ。

勿論そんな事実はないのだが、相手に何か別の手があるのではと思い込ませるのはピンチの時の定石だ。プレイヤーはいつでも冷静さを、そして余裕を失ってはならない。

それがチェスをする上で、私がお祖父《じい》様から学んだことだ。

二人の間に沈黙《ちんもく》が落ちる。私は父の帰還《きかん》を待ち望んでいたが、未《いま》だにその報《しら》せはない。

「お前まで……俺をそんな目で見るのか……」

シアンが、まるで血を吐《は》くようにそう呟《つぶや》いた。

彼の限りなく黒に近い深緑の瞳《ひとみ》に、雷《いかずち》のような激しさが灯《とも》る。

私は思わず、その色に目を奪《うば》われてしまった。

シアンは思慮《しりょ》深く冷静な人と聞いていたが、今までそんな場面を見たことは一度もない。いつも憤《いきどお》っているか、不機嫌《ふきげん》でいるかのどちらかだ。本当に、事前に聞いていた噂《うわさ》とは、全く異なる人だと思う。

もしかしたら、そう感じるのにはなにか理由があるのかもしれない。私の知らない、なにかが――……。

彼は、四人の中で最も国王という地位に執着《しゅうちゃく》しているような気がするのだ。

「愚《おろ》かだと思っているのだろう？　お前も」

突然《とつぜん》、シアンは自嘲《じちょう》するように言った。

何を言い出すのかと、私は首を横に振《ふ》る。

愚かだとは思わない。ただどうしてそこまでと、不思議に思う気持ちはあるが。

「俺は――王にならねばならない。亡き父のためにも……」

「お父様の？」

シアンの父は、ウィルフレッド一世の第一子ではあったが体が弱く、早くに亡《な》くなられた。だから親族の私ですら交流の浅い人物だ。

(私がひきこもっていたからかもしれないけれど……)

「知らないという顔だな」

図星を指され、私は深緑色に戻《もど》った彼の瞳を見つめた。

「当然だ。父は生まれた時から病弱で、成人まで生きられないだろうと言われていた。俺という子を生《な》したことすら奇跡《きせき》だと。床《とこ》についたまま何一つできない自分を、父は恥《は》じていた」

「恥じるだなんて、そんな……」

空々しく聞こえるだろうが、ひきこもって何の役にも立たない私より、よっぽど立派な方だと思う。

(私と比べるのなんておこがましいけれど)

「父は俺に言い残したんだ。俺に王になってほしいと。何も成すことができなかった、自らの代わりにと……」

くしゃりと、シアンは艶《つや》のある濃紺《のうこん》の髪《かみ》をかき混ぜた。

愛する人の話をしているというのに、彼は今とても辛《つら》そうだ。

家族の形は人によって違《ちが》うと分かってはいても、家族に愛され敬愛している私にとって、その表情を見ているのは辛いことだった。

「それは、本当にお父様がそうおっしゃったのですか……？」

「なに？」

「いえ……お気分を害されるかもしれませんが、わたくしにはどうしてもそうは思えません」

「どういう意味だ？　俺が嘘《うそ》を言っていると？」

「いえ。実はわたくしは一度だけ、先代のモラン侯爵《こうしゃく》にお会いしたことがあるのです」

「なんだと⁉」

そう。

まだ私がひきこもりになる前。幼い頃《ころ》の微《かす》かな記憶《きおく》だが、私はその人に会ったことがある。

シアンと同じ目の色をした、優《やさ》しそうな人だった。

「兄君を見舞《みま》うという父に連れて行ってもらったのです。あまりよくは覚えていませんが、とても――優しそうな方でした。退屈《たいくつ》するわたくしと、チェスを指してくださった」

私は、シアンの先ほどの言葉に拭《ぬぐ》いようのない違和《いわ》感《かん》を覚えた。

「とても、お優しい方でいらした。過ごした時間は一瞬《いっしゅん》ですが、人見知りのわたくしでもすぐに打ち解けることができました。そんな方が、そんな息子《むすこ》を縛《しば》るようなことを言ったりするでしょうか？」

「何を……言って……」

否定しようとしながらも、シアンの瞳は動揺に揺《ゆ》れていた。

私の言葉をきっかけに、彼自身も疑問を持ったことは明らかだ。ということは、前侯爵の遺《ゆい》言《ごん》は直接伝えられたものではないのかもしれない。

私がお祖父様の遺言を、手紙で受け取ったのと同じように。

「……今日のところは失礼する」

シアンはそう言うと、おもむろに立ち上がった。

口を押さえ表情を隠《かく》してはいるが、目に浮《う》かぶ動揺は未だ消えていない。

私はバーンズを呼び、シアンの乗ってきた馬車の用意と、若い使用人にシアンが歩くのを手伝わせるようにと伝えた。

やってきた時の気魄《きはく》を失ったシアンの体は、騎士《きし》たちと比べれば細く頼《たよ》りなげにふらつく。

酔《よ》いは醒めているのだろうが、己《おのれ》の中に浮かんだ猜疑《さいぎ》を信じたくないという顔だ。

(やりすぎてしまった、かもしれない)

シアンの酔っ払《ばら》いどころか血の気が引いた顔を見ながら、私は思った。

相手に揺さぶりを掛《か》け、己の思う方向へと導く。動揺したところで、相手が考えてもいなかった急所に駒《こま》を進める。それは搦《から》め手と呼ばれ、ゲームの上では巧妙《こうみょう》な手として称賛《しょうさん》される。

しかしいくら正しい攻め手《せ》であったとしても、対人関係に持ち込んではいけなかったのだ。

最初からそう意図していたわけではないが、結果的に私はシアンにそれをしてしまった。揺さぶりをかけ動揺させ、最も弱いと思われる場所を衝《つ》いたのだ。

対人関係の経験がなさすぎる私は、相手に対し何を言ってはいけないのかがよく分からない。これからは、それも学んでいかねばならないのだろう。

ほうとため息を吐き、お守りのように胸元《むなもと》に入れた手紙にそっと手を置いた。

重い疲労感《ひろうかん》と、微かな後悔《こうかい》を覚える。

本来はロビーまでシアンを見送るべきだったが、なんとなくそんな気になれなかった。

向こうだって、そんなこと望んでいないに違いない。

だって、今のシアンはとても弱っているのだから。

その姿をライバルである私に見送られることは、プライドの高い彼にとってきっと耐《た》え難《がた》いことだろう。

「お嬢様《じょうさま》」

声を掛けられ振《ふ》り返ると、そこにはシアンの送り出しを済ませたらしいバーンズが立っていた。

「侯爵様は無事お帰りになりました」

「ありがとうバーンズ。あなたにも迷惑《めいわく》をかけたわね」

「いいえそんな。お嬢様のせいではございません」

「私のせいでもあるわ。彼がやってきたのは、後継者《こうけいしゃ》会議の結果が原因ですもの」

それだけではないのかもしれないが、とりあえず今は大事にならずに済んでほっとしていた。

　そんな私を、少し驚《おどろ》いたような顔でバーンズが見つめる。

「お嬢様……お変わりになられましたね」

「え？」

「いえ、陛下のご遺言とはいえ無理矢理《むりやり》外に出ることになって、どうなることかと使用人一同心配しておりました。しかしそんな心配は無用でした。あんなに小さくていらっしゃったお嬢様が、いつの間にか申し分のない淑女《しゅくじょ》になっていらっしゃったと、バーンズは感激しております」

　冗談《じょうだん》を言っている様子はなく、バーンズは感極《かんきわ》まったように目尻《めじり》を拭っていた。

「陛下もこのことを、見通していらっしゃったのかもしれません。さきほどのやりとりを拝見していて、あるいはお嬢様こそ、次期女王に相応《ふさわ》しいのではと爺《じい》は思いました」

「止《や》めてよバーンズ。身内びいきが過ぎるわ。今まで当然のことができていなかっただけなのだから、あまり甘やかさないでちょうだい」

　物心つく前から傍《そば》にいるバーンズの言葉に、私は面映《おもは》ゆい気持ちになった。

　嫁《い》き遅《おく》れ令嬢《れいじょう》と使用人たちからも呆《あき》れられているに違いないと思っていたけれど、どうやらそんなことはなかったらしい。

　家令として家のことを取り仕切る時は毅然《きぜん》としているバーンズが、今は好々爺然《こうこうやぜん》として本当に目を潤《うる》ませている。

私は今までこんなに優しい人たちに囲まれていたのだと、改めて認識《にんしき》する。

(外の世界は、まだ恐《こわ》い。でもひきこもっていたら、バーンズのこんな気持ちだって知らないままだった)

自分を世界から引き離《はな》して、自分だけの世界に耽溺《たんでき》した。

苦しみから逃《のが》れようとして、けれど心はいつも孤独《こどく》だった。

(お祖父《じい》様はこうなることが、分かっていらしたのかしら?)

お祖父様が何を思って、私を次期女王候補に指名したのかは分からない。

けれど今初めて、私はその遺言に従ってよかったと思った。大変な思いも恐い思いも沢山《たくさん》したけれど、その代わりに得た物だって沢山ある。

「あなたにそう言ってもらえて、とても嬉《うれ》しいわ」

自分まで泣きそうになってしまった顔を隠して、私はメアリーを呼んで部屋に戻《もど》った。

長かった一日が、ようやく終わる。

アーヴィンの投票。それにまつわる後継者会議のいざこざ。そして夜中の急襲《きゅうしゅう》。

(明日《あした》こそは、もっと落ち着いた日にしたいものだわ)

けれど翌日には更《さら》に驚くような出来事が待っているなんて、その時の私はまだ予想だにしていなかった。

次の日もいつものように会議場へと向かった。

すると馬車降り場で、偶然《ぐうぜん》シアンと一緒《いっしょ》になった。

彼は私を見ると、その色白の顔を真っ赤に染めた。どうやら昨日のことを覚えているらしい。

どうするのかと様子を見ていると、シアンは私を無視することなくこちらに近寄ってきた。

「会議場まで俺がエスコートしよう」

そう言って、手袋《てぶくろ》で覆《おお》った手を差し出してくる。

私の手を引いていたメアリーは、戸惑《とまど》ったように私を見た。

昨日の今日で大丈夫《だいじょうぶ》だろうかと心配しているのだろう。

「お言葉に甘えるわ。メアリーは控《ひか》え室《しつ》で待っていて」

そう言うと、メアリーは本当に大丈夫かとでも言いたげにじっと私を見つめた。

頷《うなず》いて笑って見せると、仕方ないとでもいうように手を離してくれる。

メアリーが去ると、私の手を己の肘《ひじ》にかけさせたシアンは、眉《まゆ》をひそめて大きなため息をついた。

「どうやら君の家の使用人たちには、すっかり警戒《けいかい》されてしまったようだな」

「仕方ありませんわ。昨日の今日ですもの」

会議場への道を歩きながら、ゆっくりと話す。

不思議なことに、今までで一番シアンと寛《くつろ》いで喋《しゃべ》ることができた。今日の彼からは、いつものとげとげしい空気を微塵《みじん》も感じない。

「君には、申し訳ないことをした。今までの態度を詫《わ》びよう」

「お気になさらないでください。代わりに昨日わたくしが言った言葉は水に流していただけると嬉しいですわ」

苛立《いらだ》ちもあって、いつもよりぞんざいな喋り方だったと思う。

そう言うと、シアンは珍《めずら》しく子供のような笑顔《えがお》を見せた。

「君にあんな顔があるなんて驚いたよ。チェスの名手と聞いてはいたが、いつもおどおどしているから信じられずにいたんだ」

「あら、そのお話をどこで？」

私がチェスを得意としていることは、家族と一部の使用人、それにお祖父様しか知らないはずだ。例外としてシアンの父である前侯爵《こうしゃく》も知ってはいたが、昨日の反応だとモラン侯《こう》と私が手合わせしたことがあると、シアンは知らない様子だった。

「陛下からね。陛下は大変チェスがお強くて、他国から招いた名人にすら勝ってしまうほどの腕前《うでまえ》でいらした。俺が知る限り陛下は負けなし。俺も何度かお相手してもらったが、ついぞ勝てたことがなかったな」

外の事情に疎《うと》い私は、シアンの話に驚いてしまった。

確かに強い強いと思ってはいたが、まさかそんなに強かったとは。

お祖父様以外の人間とあまり対局したことのない私は、その強さを客観的に測ることができずにいたのだ。

「晩餐会《ばんさん》などの酒の席で、陛下はよく自慢《じまん》してらしたよ。チェスが強い孫娘《まごむすめ》のことを。自分を最初に負かすとしたらあの娘《こ》だろうと、楽しそうに語っている姿をよくお見かけしたものだ」

「そうだったのですか」

今度赤面するのは私の方だった。

（お祖父様が、そんな風に思っていてくださっただなんて……）

不肖《ふしょう》の孫だといつも自分を恥《は》じていたから、シアンの話は本当に寝耳《ねみみ》に水というか、私を動《どう》揺《よう》させるのに十分な威力《いりょく》を持っていた。

「――同時に、陛下は常々こう言っておられた。〝自分にチェスで勝った者に、国王の座を譲《ゆず》る〟と」

「え？」

「今にして思えばご冗談だったんだろうが、俺はその言葉を本気にして必死にチェスの腕《うで》を磨いたよ。スチュワートたちと違《ちが》って剣《けん》は不得手だったからな。しかし結局誰《だれ》も土をつけることができないまま、陛下は病の床《とこ》につかれた」

（お祖父様が、そんなことを？）

どくんと鼓動《こどう》が大きくなった。いつも持ち歩いているリザインと書かれた手紙。

（ああ、だからお祖父様は、私を女王候補になんて指名したのね）

記憶《きおく》の中の祖父の面影《おもかげ》が、にやりと不敵に笑った気がした。

思慮《しりょ》深いけれど、チェスの対局をしていると偶《たま》に信じられないような意地悪な手で私を翻弄《ほんろう》したお祖父様。

彼は私を候補に加えることで、己《おのれ》の言葉を守ったのだ。

迷惑だと呆れる気持ちと、お祖父様らしいという可笑《おか》しさが混ざり合って変な気持ちになった。

それが顔に出ていたのだろう。シアンが私の顔を覗《のぞ》き込んでくる。

「俺は何か、まずいことを言ったか？」

「いいえ。ただ、お祖父様らしいと思ったものですから」

「ははっ。違いない。陛下に翻弄された者は多いだろうな。稚気《ちき》のあるお方だったから」

「そうですわね。まさか次期国王を投票で選べとおっしゃるような方ですもの。一筋縄《ひとすじなわ》ではいきません」

そうして、私たちは笑った。

その瞬間《しゅんかん》だけ、シアンを物凄《ものすご》く身近に感じた。

ただの従兄妹《いとこ》同士として、初めて接することができたような気がする。

「……君に、昨日言われたことだが」

「はい」

「昨日帰って母を問い詰《つ》めた。そしたら泣きながら白状したよ。父はそんな遺言遺《ゆいごんのこ》さなかったそうだ」

「まあ……」

私は思わず立ち止まった。

自分の不用意な一言が、彼と母君の間に亀裂《きれつ》を入れてしまったのかもしれないと青くなる。

そんな私に、シアンは気にするなというように首を振《ふ》った。

「君のせいじゃない。俺は真実を知ることができてよかったと思っている。それに母とは、一度ちゃんと話し合っておくべきだったんだ。おかしな話だが、俺はあの人があんなにも王位にこだわっていたなんて、昨日初めて気が付いた。過ぎたる欲望《よくぼう》は身を滅《ほろ》ぼす。知らないままでは、いずれ痛い目に遭《あ》っていたことだろう」

彼と母君の間で、どのようなやりとりが交《か》わされたのかは分からない。

でも彼の顔は、まるで憑《つ》きものが落ちたようにすっきりとしていた。寝不足《ねぶそく》だからだろうが隈《くま》こそあるが、表情からはいつもの険しさが抜《ぬ》け落ち、まるで別人のように見える。

「母とは、これからゆっくり話し合っていくよ。だからその機会をくれた君に、礼が言いたかったんだ」

「お礼なんていいんです。でも本当に――よかったですわ」

彼の母にしてみれば、面白《おもしろ》くない事態だろう。しかしシアンが重圧から解放されて、私は心からよかったと思う。

「それにしても、こうなってみると何をそんなに執着《しゅうちゃく》していたんだか。国王とはつらい仕事だ。父がそれを望んでいなかったと分かった今、あまりやりたいとは思わないな」

そう言いつつも、彼の顔には隠《かく》しきれない未練のようなものが覗く。ただ、その表情はひどく穏《おだ》やかだった。

「まあ。シアン様の口からそんなお言葉を聞く日が来るなんて」

「虐《いじ》めるなよ。正直今は、スチュワートの奴《やつ》に投票してもいいかなと思っているんだ。客観的に見れば、あいつは次期国王として申し分のない男だよ。少し融通《ゆうずう》の利《き》かないところもあるが、それは周りがフォローしてやればいい。それよりもこの後継者会議《こうけいしゃ》が長引いて、国王の不在期間をいたずらに長引かせることの方が問題だ」

シアンが眉をひそめて言った。

私もその通りだと思った。空位が長く続けば、公共事業は滞《とどこお》り国家運営にも影響《えいきょう》が出る。国のためを思えば、プライドや私情は抜きで最も相応《ふさわ》しい人間を早く選び出さなければいけない。

「それは……わたくしもそう思います」

「アーヴィンの票は決まっている。今日俺がスチュワートに投票するということを、君にだけは知らせておきたかった。君にもそうしろなんて強制するつもりは無い」

「いいえ。わたくしもそれがいいと思います。これで三票揃《そろ》う。長かった後継者会議もようやく終わりですわね」

「本当に長かったな。明日《あした》からは忙《いそが》しくなるぞ」

なんだか晴れがましい気持ちで歩いていると、会議場を囲む貴族たちが見えてきた。

後継者会議が始まってもうずいぶん経《た》つというのに、彼らはこうして毎日私たちを待ち構えている。

「モラン侯！」

「フランチェスカ嬢《じょう》もいるぞ！」

「ああお二人とも、一体私たちはこれからどうしたら――」

「こうなったらお二人のどちらかを急ぎ国王に……」

しかし今日は、いささか様子が違うようだった。

彼らは私たちを取り囲むと、我先にと次々に意味不明な言葉を投げかけてくる。

シアンが私を庇《かば》おうとしてくれているが、人ごみで先が見えず会議場にも近づけない。

「落ち着けお前たち！　一体何があったんだ！」

シアンの大声に、近くにいた壮年《そうねん》の貴族が答える。

彼らの顔は青かったり赤かったりで、余程《よほど》の異常事態であると雄弁《ゆうべん》に伝えていた。

「それがっ、昨夜アーヴィン様が何者かに襲撃《しゅうげき》され、スチュワート様にその疑いが掛《か》けられているのです！」

――そうして本当なら今日終わる筈《はず》だった後継者会議は、無期限に延期されることとなった。

第三章◆誕生！　即席探偵団

「一体どういうことなのですか！」

私たちは、会議場の中にいた侍従《じじゅう》長のマリオに詰め寄った。

彼はいつもの取り澄《す》ました表情ではあったが、その顔は青ざめていた。

「アーヴィン様が何者かに襲《おそ》われました。つきましては、あなた方にも取り調べを受けていただきます」

マリオの言葉は、ある意味では当然と言えた。

現在は後継者会議の期間真っ最中なのだ。その候補者であるアーヴィンが襲われれば、他《ほか》の国王候補である私たち三人に疑いがかけられるのも、納得《なっとく》はいく。しかし――。

「スチュワートが疑いをかけられているというのは？」

シアンが早口に言った。

外にいた野次馬《やじうま》によれば、疑いは私たち三人ではなく主にスチュワートにかけられているらしい。

それがなぜなのか、私たちは知りたかった。

「それは……」

マリオが言いづらそうに言葉を濁《にご》す。

「疑いをかけられるとすれば、それは私たち二人も同じこと。どうして特にスチュワート様の名前が挙がっているのですか！」

加勢するように私が言うと、マリオは観念したように言葉を続けた。

「お二人が昨晩ご一緒《いっしょ》だったというのは、既《すで》に確認《かくにん》がとれているからです。ファネル公爵《こうしゃく》家とモラン侯爵《こうしゃく》家、両方の使用人が、昨晩お二人がご一緒だったと証言しております。お二人にもご連絡《れんらく》をと思ったのですが、どうやら早馬と入れ違《ちが》いだったらしく……」

「なっ！」

私は動揺《どうよう》して言葉を失った。

確かに昨晩はシアンが押しかけて来たので一緒だったが、決してやましいことはしていない。しかしマリオが言うのを躊躇《ためら》ったのは、私たちの関係にある種の勘繰《かんぐ》りをしているからに違いなかった。

それは彼が下世話というわけではなくて、深夜に両親が不在の家で一緒だったという事実の前には誰《だれ》もが同じことを考えるだろう。

マリオが言い淀《よど》んだのも、その事実を真っ向から指摘《してき》していいものか悩《なや》んだからに違いない。

また、私たちが乗ってきた馬車は細い路地などを通ることができないので、王宮につくのには当然時間がかかる。馬車降り場での混雑なども併《あわ》せて考えると、マリオの言葉に不自然なところはなかった。

(分かっているけど、せめて自宅で知らせを受けることができたら！　こんな辱《はずかし》めを受けることもなかったのに！)

私は恨《うら》みがましくシアンを睨《にら》みつけた。

しかし彼はお構いなしで、マリオに質問を重ねている。

「それで、スチュワートはどこにいるんだ？　どうしてこの場にいない？」

確かに、スチュワートのことだからたとえ何があろうと後継者会議には出席するものだと思っていた。

そもそも、スチュワートが犯人であるはずがないのだ。

あの正々堂々を絵に描《か》いたような人が、アーヴィンを襲って国王になろうとするなど考えるはずがない。

アーヴィンは前日スチュワートに投票しているのだし、昨晩シアンが押しかけてこなかったら疑われていたのは私たち二人のどちらかだったはずだ。

「貴族院の決定により、スチュワート様の謹慎《きんしん》が採択《さいたく》されました。犯人がはっきりするまで、自宅からは一切《いっさい》お出にならないようにと……」

「そんな、公爵である彼を処断するなんて……早すぎます！」

貴族院は基本的には王の家臣としての旧家が議員を歴任しているため、王族の範疇《はんちゅう》である我が家やシアンの家は含まれない。ウィルフレッド一世の代では影《かげ》が薄《うす》かったが、お祖父《じい》様が亡《な》くなり次期国王の決定が遅《おく》れていることで日に日に存在感を増している。

私とシアンが危惧《きぐ》しているのはまさにそれだった。次期国王の決定は既に遅れに遅れている。これ以上遅れて貴族院が力を持ちすぎれば、次の国王が実権を失い傀儡《かいらい》になりかねない。

(折角《せっかく》スチュワートに決まりそうだったのに！)

私は苛立《いらだ》たしく思った。

マリオに尋《たず》ねるまでもなく、恐《おそ》らく貴族院はスチュワートとアーヴィンの不在を理由に、国王の決定を遅らせるつもりだ。そしてその隙《すき》に少しでも国家運営に食い込もうという腹だろう。

「大体、犯人がスチュワート様だとまだ決まったわけではないじゃありませんか！　もしかしたら貴族院の誰かが――っ！」

反論しようとして、背後から口を押さえられた。

シアンだ。

『迂闊《うかつ》なことを言うな。お前まで罠《わな》にはめられるぞ』

囁《ささや》かれた言葉にぞっとする。どうやら彼も私と同じ結論に行きついたらしい。

それにしてもスチュワートやアーヴィンに比べれば華奢《きゃしゃ》だと思っていたが、羽交《はが》い締《じ》めにされていると抵抗《ていこう》できない力強さだ。

（昨日、うまく追い返せたのは運がよかった。無理矢理《むりやり》迫《せま》られてたら逃《に》げられなかったわね）

頭の片隅《かたすみ》でそんなことを思った。

彼に既成事実《きせいじじつ》を作られていれば、今日にでも私たちは正式に婚約《こんやく》することになっていただろう。

一方的であろうとなんだろうと関係ない。貴族の常識は男尊女卑《だんそんじょひ》を基本として作られているのだから。

リンドール王国の過去に女王がいないのも、それが一番の大きな理由だ。

「……お二人とも、それでは別々にお話を伺《うかが》わせていただけますか？」

マリオは、今の私の発言を聞かなかったことにしてくれるらしい。

彼に促《うなが》されるまま、私たちはそれぞれ別室で諮問《しもん》という名の取り調べを受けることになった。


貴族の権利は基本的に貴族憲章によって保障されている。

これは主に貴族の立ち居《い》振《ふ》る舞《ま》いを律したり奉仕《ほうし》を促すものであるが、きちんと貴族の特権についても明記されている。

曰《いわ》く、貴族は死刑《しけい》の対象にならない。平民ならばいくら殺そうとも罪にならず、また貴族同士の揉《も》め事は決闘《けっとう》で決着をつける。

古い時代につくられた、埃《ほこり》を被《かぶ》った法律だ。

しかしお祖父様でさえも、貴族の聖域である貴族憲章に手を付けることはできなかった。

そしてそれのお陰《かげ》というのもおかしな話だが、私は特に疑いを掛《か》けられることもなく夕刻には無事解放と相成った。これが王都に暮らす平民であったなら、今頃《いまごろ》有無《うむ》を言わせず牢屋《ろうや》につながれていたことだろう。

今日の投票は、勿論《もちろん》中止。どころかごたごたが収まるまで、後継者《こうけいしゃ》会議は棚上《たなあ》げになるという。

馬車に乗って屋敷《やしき》に戻《もど》ろうか考えていると、私に少し遅れてシアンも馬車乗り場にやってきた。

控《ひか》え室《しつ》で休んでいたらしい御者《ぎょしゃ》が、侯爵家の馬車を取りに走っていくのが見えた。

「遅《おそ》かったですわね」

私より時間がかかったらしいシアンに、話しかけてみる。

普段《ふだん》なら自分から話しかけるなんてできないが、今は異常事態だ。

できればシアンと話し合い、これからの方針を決めたかった。

(このまま、指をくわえて見ているわけにはいかない)

取り調べ官から詳《くわ》しい事情を聞き出すことはできなかったが、アーヴィンは何者かに襲《おそ》われて重傷。そしてスチュワートは自宅で謹慎させられているという。

自由に動き回れるのは、私たちしかいない。

国王不在ということで、事件の捜査《そうさ》は貴族院が取り仕切るという決定が諮問と一緒に申し渡《わた》された。

事件解決が長引いて得をするのは貴族院だ。まともな捜査が期待できるとは思えない。

私の言葉に、シアンは少し考える顔をした。

彼がちらりと目線を横にやる。つられてそっちを見ると、噂《うわさ》好きそうな若い令嬢《れいじょう》が数人、隠《かく》れるようにこちらを見ている。

彼女たちは扇《おうぎ》でシアンを盗《ぬす》み見ながら、何事かこそこそと囁き合っていた。

結婚《けっこん》したい貴公子ナンバー1だったスチュワートが謹慎させられている今、ナンバー2であるシアンに注目が集まっているのかもしれない。

(随分《ずいぶん》と薄情《はくじょう》ね)

私は少し苛立たしかった。

スチュワートを褒《ほ》めそやしていた彼女たちが、一夜にしてそんなこと忘れてしまったかのようだと感じたからだ。

スチュワートには厳しいことを言われてばかりだったし優《やさ》しくされた覚えもないが、それでも国王として投票しようと思う程度には尊敬していた。

それだけに彼の窮地《きゅうち》は苦々しく受け入れがたい。

シアンが随分と考え込んでいる様子なので、一瞬《いっしゅん》ちやほやされていい気持ちに浸《ひた》っていたらどうしようという考えが浮《う》かんだ。

しかしシアンは私の想像を大きく裏切り、礼儀《れいぎ》を逸《いっ》した距離《きょり》にまで顔を近づけてきた。

近くで見ていた令嬢たちから悲鳴が上がる。

見るとシアンは己《おのれ》が羽織っていたマントでもって私たちの顔を隠していた。

これではまるで――口づけしたように彼女たちには見えたことだろう。

『何を考えているんですかっ』

『これで明日には、俺たちの噂が社交界中を駆《か》け巡《めぐ》っていることだろうな』

『だから、どうしてこんなことをなさるのかと聞いているんです！』

彼女たちの注意をひかないよう、小声で言い争いをする。

慌《あわ》てて後ずさったりしなかったのはシアンに何か考えがあるのだろうと思ったからだ。

しかし彼は調子に乗って、ずずいと私の腰《こし》を抱《だ》き寄せた。

陰鬱《いんうつ》な顔だとばかり思っていたが、間近で見るとやはり整った顔立ちをしている。

『親密な間柄《あいだがら》なら逢引《あいび》きしても問題ないだろう。今夜訪ねていく。苦いお茶でも用意しておくといい。詳しい話はそこで』

口早にそう言うと、タイミングを見計らったように侯爵《こうしゃく》家の馬車が近づいてきた。

シアンはあっさり私から離《はな》れると、見る間に馬車に乗り込んでしまう。

(他《ほか》にもやり方があったでしょう!)

去っていく馬車を見ながら怒鳴《どな》るわけにもいかず、私も御者の手を借りて馬車に乗り込んだ。

ちらりと窓の外を見れば、令嬢たちが顔を寄せ合って大いに盛り上がっている。昨夜一緒《いっしょ》だったことも含めて、確かに明日には私たちが恋仲《こいなか》になったという噂が社交界を席巻《せっけん》することだろう。

そんなつもりはないし相手が相手だけにとても面倒《めんどう》だったが、後継者会議が棚上げとなった今怪《あや》しまれずにシアンと会うにはこうするより他ない。

頭では分かっていてもなんだかやり込められたような気がして、私は家に着くまでずっとイライラと宙を睨《にら》みつけていた。


夜。

果たして宣言通り、シアンはやってきた。

「お待ちしておりましたわ」

両親に挨拶《あいさつ》しているシアンを捕《つか》まえて、応接室に引っ張り込む。

結婚前の娘《むすめ》がやるようなことではないが、もう今更《いまさら》だ。

彼が来る前に両親とバーンズ、それにメアリーには事情を話しておいた。

ちなみに両親には余計な心配を掛けないため、昨日の出来事は話していないし使用人たちにも口止めしてある。

応接室をきっちりしめて、話し合いは始まった。

シアンには、私が手ずから淹《い》れた濃《こ》ーいお茶を飲んでもらうことにする。

「ふふん。意外と情熱的なんだな」

部屋に引っ張り込まれた形のシアンは、意地悪な笑《え》みを湛《たた》えて言った。

目の下の隈《くま》が薄《うす》くなっているから、家に戻って一度休んだのだろう。顔色も悪くない。

「茶化《ちゃか》さないでください。それより、今後のことについてです」

「分かっている。君は諮問で何を聞かれた？　何か分かったことは？」

「通り一遍《いっぺん》のことを聞かれただけですわ。個人的な印象としては――スチュワート様への疑いがもう固まっているのだと感じました」

ただ印象を話すだけなのに、その言葉を言うのには勇気が必要だった。

――スチュワートにかかった嫌疑《けんぎ》を晴らし、彼を国王にする。

目標は明確だが、そこへたどり着くための道のりが途方《とほう》もなく困難に感じられたのだ。

いっそシアンを国王にした方が近道かもしれない。しかし彼はそれに向かないと思うし、この先ずっと国を導いていく国王という存在を投げやりに決めることはできない。

「だろうな」

私の淹れたお茶を口に含《ふく》んで、シアンは微妙《びみょう》な顔をした。

しかし彼はそれを口に出さず、顔から不謹慎《ふきんしん》な笑みを消しさる。

「俺を取り調べたやつは、元々親交のある若手貴族だった。その人選だけで、俺たちへの諮問《しもん》はあくまで建て前にすぎず、貴族院がスチュワートを犯人にしたがっていると分かる。あいつが今のところ後継者会議の中で頭一つ出ていたからな。あれに疑いがかかっている間は、俺たちも勝手に国王を決めることはできないと向こうも分かっているんだろう」

スチュワートへの疑いが晴れないまま、王座の空席が長引けば長引くほど得をするのは貴族院だ。

このままいけば最悪、貴族院の中から次期国王をという話も出かねない。

祖父は生前、己の利益を追求することに熱心な貴族院を嫌《きら》っていた。だから何としても、最悪の事態だけは避《さ》けなくてはならなかった。

メアリーが淹れるほどおいしくはないお茶を飲みながら、喉《のど》の渇《かわ》きにも似た焦《あせ》りを覚える。

「親しい方だったのでしたら、なにか事件について聞くことができましたの？」

「親交があるといっても会えば挨拶を交《か》わすという程度のものだ。しかしまあ基本的なことは聞くことができた。アーヴィンが襲われたのは昨日の深夜。ちょうど俺がここにいた時刻だな。

場所は城下――歓楽街《かんらく》の付近だそうだ。目撃者《もくげき》はなく、朝になって道に倒《たお》れているところを発見され運び込まれた」

「歓楽街、ですか？」

「ああ。大方城下の売春窟《くつ》を訪ねた帰りだったんだろう。なまじ腕《うで》に覚えがあるからか、馬車や使用人も先に帰らせたそうだ」

（あの真面目《まじめ》な方が、こんな大事な時期にそんな迂闊《うかつ》なことをするかしら？）

感じたのは、嫌悪感《けんおかん》よりも違和感《いわかん》だった。

いくら人は見かけによらないとはいえ、今聞いた行動はあまりにもアーヴィンにそぐわない気がする。

考え込んだ顔が険しくなっていたのだろう。シアンの顔に揶揄《からか》うような笑みがのぞく。

「幻滅《げんめつ》したか？　よりにもよってこの時期に、城下で女を買うなんて」

「言っておきますが、娼館《しょうかん》に対する偏見《へんけん》はないつもりです。あれも一つの商売の形ですもの。でもわたくしにはどうしても、アーヴィン様がそんな迂闊なことをなさるとは思えない」

「ひきこもり姫《ひめ》が随分《ずいぶん》と世慣れたことを言うじゃないか。まあ、それについては俺も同感だ。あいつとは私的な交流こそないが、そこまでの間抜《まぬ》けだったら陛下も次期国王候補になど選出なさらなかっただろう」

シアンの言葉に、こくんと頷《うなず》く。

やはり、この事件にはあまりにも不可解な部分が多すぎる。アーヴィンがスチュワートに投票した直後というタイミング。ありえない犯行現場。そして早すぎる貴族院の対処。

これらの疑問を解決し後継者会議《こうけいしゃ》を復活させなければ、お祖父様《じい》の遺言《ゆいごん》を遂行《すいこう》することはできないのだ。

「シアン様」

「うん？」

「しばらく、手を組みませんこと？　わたくしはこの事件を、早々に解決すべきだと思っています。しかし捜査《そうさ》を主導しているのは貴族院。彼らにとっては解決が長引けば長引くほど有利になる事案です」

「勇ましいな。てっきり、恐《おそ》ろしいから後継者候補を降りると言い出すかと思ったぞ」

「見くびらないでください。わたくしだってウィルフレッド一世のお選びになった次期国王候補の一人ですのよ」

決然と言い放つと、シアンが軽く目を見開いた。どうやら余程《よほど》意外だったらしい。

確かに今までの私の性格からすれば、人任せにしてこれ幸いとひきこもってもおかしくはない事態だ。

（けれど――……）

「この国は、お祖父様が大切に大切に育てられた国です。それを容易《たやす》く、利己主義な貴族院に食い荒《あ》らされるわけにはまいりません！」

大きな声を出すと、鼓動《こどう》がどくどくと高鳴った。

耳に痛いような興奮。逃《に》げ出したいような緊張《きんちょう》。けれど逃げることはできない。ちゃんと後継者会議と向き合うと決めたのだから。

するとシアンの顔に、先ほどとは少しニュアンスの違《ちが》う笑みが浮《う》かんだ。

彼は私に、手を差し出す。

紳士《しんし》が淑女《しゅくじょ》に差し出す形ではない。主に男性同士が行う友情の握手《あくしゅ》だ。

「どうやら目的は一緒らしい。よろしく頼《たの》むぞ相棒」

今まで聞いたことのない、何の含みもない言葉。

その手を握《にぎ》り返すと、胸がじんわりと熱くなった。

そうして私たちは、力を合わせてこの事件を解決すると誓《ちか》ったのだった。

そうと決まれば話は早い。私たちはまず、手分けして当事者に話を聞くことにした。

当事者というのは、アーヴィンとスチュワートだ。

とは言っても、アーヴィンはまだ意識が戻《もど》らないらしい。医者も懸命《けんめい》の治療《ちりょう》を続けているが、生死の境をさまよい続けているのだ。

「俺は、アーヴィンの屋敷《やしき》に出向いて使用人から話を聞いてくる。お前はスチュワートのところへ」

「分かりました。しかし、彼は謹慎中です。会えるとは思えませんが……」

「だから女のお前がそちらなんだろ。色仕掛《いろじか》けでも何でもして情報を手に入れてきてくれ」

「いつもいつも、あなたという人は一言余計なのです。まあ、努力はしてみますわ」

一瞬《いっしゅん》この人と組んで本当に大丈夫《だいじょうぶ》だろうかという不安がよぎったが、贅沢《ぜいたく》を言っていられる時ではない。

「犯人はまだ、貴族院の誰《だれ》かと決まったわけじゃない。お前も十分に注意しろよ」

ふと、何気なく発せられたシアンの一言が、私をぞっとさせた。

もし今回の事件を仕掛《しか》けたのが貴族院だとするならば、似たような事件が起こる危険性は少ない。

なぜなら彼らの目的は既《すで》に果たされている。ところがこれで私かシアンに何かがあれば、自動的に次期国王はもう一人に確定してしまう。

だから私は無意識に、もう事件は起こらないものと思っていた。

しかしシアンの考えは違うようだ。

もし犯人が別の――貴族院とは違う目的を持つ者だったとしたら、私たち二人が狙《ねら》われる理由も十分にある。

私の沈黙《ちんもく》をどう受け取ったのか、シアンは一言だけこう言った。

「やめておくか？」

「いいえ」

即座《そくざ》に切り返せたのは、そんな考え最初から微塵《みじん》もなかったからだ。

「犯人が誰であろうと、私たちを敵に回したことを後悔《こうかい》させてやりますわ」

「勇ましいな」

そう言って少し笑い、彼は馬車で堂々と家に帰っていった。

二人で行動していてもおかしくないように、両親公認《こうにん》の仲だという噂《うわさ》まで流すらしい。

（シアンはいいとして、事件が解決した後捨てられた女扱《あつか》いされるのは避けられないわね）

必要な処置とはいえ、はあとため息をついた。

そのため息を勘違《かんちが》いしたらしく、今度はメアリーが険しい顔で問い詰《つ》めてくる。

「お嬢様《じょうさま》！　あの男になにかされたのですか⁉　やはりあんな男にお嬢様をお任せするなど……っ」

握り拳《こぶし》で物凄《ものすご》い形相のメアリーを納得《なっとく》させるため、昨夜と同じくベッドに入るのにかなりの時間を要してしまった。

（せめて、シアンがアーヴィンの半分でも誠実な顔のできる人だったら……それが彼の魅力《みりょく》でもあるのでしょうけれど……）

寝《ね》入《い》りしなそんなことを考えながら、私の長い一日はやっと終わりを告げた。

翌日。

私はシアンとの打ち合わせ通りスチュワートの住むマクニール公爵《こうしゃく》家へと向かった。

向かったとはいっても、同じ公爵なのでスチュワートの家とは結構なご近所さんだ。

王子ではあるが成人してマクニール公爵の称号《しょうごう》を得た彼は、城ではなくこちらの屋敷に暮らしているためここで謹慎《きんしん》になっているはずだ。

実際馬車で訪問してみると、やはりというか門前の衛兵が追加されていた。

恐らくはスチュワートを逃がさないために城から派遣《はけん》された兵たちだろう。その証拠《しょうこ》に、城の兵隊の制服を纏《まと》った者の方がよく目につく。

御者《ぎょしゃ》が馬車を閉じられた門扉《もんぴ》の前につけると、城の制服を纏った衛兵が駆《か》け寄ってきた。

「今この屋敷の主《あるじ》は、許可証のない者は何人《なんぴと》たりとも会うことができない。機会を改められよ」

御者に高飛車に言いつける声が聞こえた。

馬車につけられたファネル公爵家の紋章《もんしょう》が見えないはずもないが、どうやら余程厳しく誰も入れるなと命令されているらしい。

「それは、どなたの下した指示ですか？」

馬車の扉《とびら》を内側から開けると、居並ぶ衛兵たちのぎょっとした顔が見えた。

勿論《もちろん》、付き添《そ》いで来ていたメアリーも似たような顔だ。

停車場でもない場所で貴婦人が自ら馬車の扉を開けるなど、本来なら絶対にあってはいけないことである。

私はより外の衛兵たちを威圧《いあつ》するため、お母様にお借りした特に派手な羽根の扇子《せんす》を広げた。趣味《しゅみ》では全くないが、扇子の大きさというのは貴族の身分に比例して大きく作らせるのが通例だ。

もし物知らずな下位貴族が大きな扇子を誂《あつら》えようものなら、礼儀《れいぎ》知らずとして社交界を追い出されることすらあり得る。

そんな取り決めは滑稽《こっけい》だし面倒《めんどう》だと思うのだが、今は存分に身分とやらを使わせてもらおう。

扇子がその効果を発揮したのか、先ほどまで居丈高《いたけだか》に振《ふ》る舞《ま》っていた男は肩《かた》をすくめて私の機嫌《きげん》を窺《うかが》うようなそぶりを見せた。

「き、貴族院からのご命令でして……」

「あなた、わたくしが誰か分かっているのですか⁉」

男が衛兵たちの中でも一番地位が高いのだろうと見定めると、彼に向けて激しい言葉の刃《やいば》を向ける。

少しヒステリーなぐらいがいい。相手をするのは面倒だと思われるくらいが。

「はっ、ファネル公爵家ゆかりのご令嬢《れいじょう》とお見受けしますが……」

「その通り。わたくしはファネル公爵家の一人娘《むすめ》、フランチェスカ・ファネルですわよ！　分かったらさっさとそこをどきなさい！」

（あー、恥《は》ずかしい恥ずかしい恥ずかしい！）

襲《おそ》い来る羞恥心《しゅうちしん》と闘《たたか》いつつ、高飛車な令嬢を演じてみる。

モデルはひきこもっていた時に本で読んだ、ヒロインに意地悪をする公爵令嬢だ。

読んでいる時はなんて痛々しいキャラだろうと寒気がしたが、いざ自分がそれを再現するとなるともう寒気どころの騒《さわ》ぎではなかった。今すぐ奇声《きせい》を上げて、馬車に閉じこもり回れ右をしてしまいたい。

しかしスチュワートに会うためには、そういうわけにもいかないのだ。

「わかりました！　すぐに上に確認を取りますので、少々お待ちを……」

「まあ！　このわたくしを待たせるというのですか！　信じられない。あなたの階級と名前をおっしゃい。今すぐお父様に頼んで降格させてやるんだから！」

物語に出てきた公爵令嬢でも、流石《さすが》にここまで理不尽《りふじん》な命令はしなかった。

扇子の羽根の隙間《すきま》から、どきどきと成り行きを見守る。

するとこれ以上ないほど苦渋《くじゅう》の顔を作った衛兵は、悩《なや》みぬいた末馬車を通すという決断をしてくれた。

降格させてやるの一言が、どうやら余程効いたらしい。

それにしても、衛兵たちは皆《みな》一様に見てはいけないものを見たという顔をして目を逸《そ》らしている。

おそらくは、フランチェスカ・ファネルという名前から私が嫁《い》き遅《おく》れのひきこもり令嬢であることを察したのだろう。

（辛《つら》い……ああ辛い辛すぎる……）

何か大切なものを失ったような気がしないでもないが、とにかく私はマクニール公爵家への潜入《せんにゅう》に成功したのだった。

しかし、安心している場合ではない。

門前にいた衛兵は、城へ確認の早馬を走らせたことだろう。マクニール公爵家は王子の邸宅《ていたく》だけあって、城からそう離《はな》れていない。

とにかく急がなければ。

早くスチュワートと会って、話を聞くのだ。

飛び降りるように馬車から降りると、足がもつれて転がりそうになった。慌《あわ》てた御者に支えられながら、閉じられた扉に突進《とっしん》する。

扉を開け放つと同時に、中から驚《おどろ》いた顔の使用人が顔を覗《のぞ》かせていた。

背筋がまっすぐに伸《の》びた老齢《ろうれい》の男性だ。

恐《おそ》らくは年配の執事《しつじ》か、あるいは彼こそが主人に代わって屋敷《やしき》のことを取り仕切る家令に違《ちが》いない。

なぜなら彼は眼鏡を掛《か》けている。

眼鏡は高価なので、使用人がおいそれと買い求められるものではない。主人が客人への威厳《いげん》を示すため、あえて上級使用人に掛けさせるものなのだ。

「フランチェスカ・ファネルと申します。急ぎスチュワート様に取り次ぎを」

早口でそう言うと、老人は優雅《ゆうが》に、それでいて迅速《じんそく》に使用人を呼びつけ走らせた。

残った老人は動作の一つ一つにピシリと擬音《ぎおん》がつきそうな折り目正しさでもって、私とメアリーを出迎《でむか》えた。

屋敷の中は、火が消えたように静まり返っている。暗い雰囲気《ふんいき》だ。

無理もない。屋敷の主が疑いを掛けられ謹慎を命じられているのだから。

公爵家の使用人たちも、これからどうなるのかと不安な時を過ごしていることだろう。

「失礼ながら、フランチェスカ様は後継者《こうけいしゃ》会議の一員であらせられると記憶《きおく》しております。当家の主人にどのようなご用件で？」

老人の目が鋭《するど》く光る。

彼から見ればスチュワートは、孫ほどの年齢《ねんれい》だろう。

その立ち居振る舞い《いふ》と年齢から見て、彼は末の息子《むすこ》にお祖父様《じい》がつけたお目付役に違いない。

だとすれば、簡単に納得《なっとく》してくれるかどうか。

「――信じていただけるかは分かりませんが、わたくしはスチュワート様の疑いを晴らすためこちらへ参りました。国王になるために、あの方が卑怯《ひきょう》な手など使うはずがありません。急ぎ、それを証明せねばならないのです」

真剣《しんけん》に説明したが、老人の顔色はちらりとも変わらなかった。

疑われているのか、それとも少しは信用されているのか。

上辺だけ見れば私たちは次期国王の座を競《きそ》うライバル同士。簡単に信じてもらえないのは覚悟《かくご》の上だ。

けれど最悪老人を振り切ってでも、私はスチュワートに会うつもりだった。

彼の話を聞いて――いや、何より彼を励《はげ》ましたかった。私はちらりともあなたを疑ってはいないと。そして必ず、その疑いを晴らして見せると。

居ても立っても居られない気持ちでいると、使用人が消えた廊下《ろうか》の向こうからどたどたと荒《あら》い足音が聞こえてきた。

角を曲がって、姿を現したのはスチュワート本人だ。

その後を、息を切らして先ほどの使用人が姿を現す。

「フランチェスカ、お前……」

スチュワートは心底驚いたように目を見開いていた。その頰《ほお》は一日でこけ、目の下には隈《くま》が浮《う》かんでいる。

いつもの一分の隙《すき》も無い貴公子然とした姿からは考えられない光景だ。

彼は私がちょうど手が届くか届かないかの距離《きょり》で立ち止まると、まるで自らの気持ちを立て直すかのように腕《うで》を組んだ。

「……ふん。惨《みじ》めな私を笑いに来たのか？」

「なっ」

言葉を失うとはこのことだ。

折角《せっかく》人が疑いを晴らそうと色々無茶《むちゃ》をしているというのに。

「なにをば「なにを馬鹿《ばか》なことを！」」

頭にきて言い返そうとしたら、言いたかった言葉を別の人間に奪《うば》われてしまった。

驚いて声のした方を見れば、先ほどの老人が肩を震《ふる》わせながら信じられないような眼光を主人に向けている。

「わざわざ笑うためだけに、兵士に囲まれた門扉《もんぴ》を潜《くぐ》って訪ねてくる令嬢がありますか！　爺《じい》は失望いたしましたぞ。あなたを心配して駆《か》けつけてくださったレディに、なんて口をきくのですっ。お嬢様《じょうさま》に迷惑《めいわく》がかかるから近づかない方がいいと、どうして素直《すなお》に言えぬのですか！」

びりびりと、雷《いかずち》のような叱責《しっせき》だった。

使用人が主人に取る態度としてはあるまじきものだが、スチュワートは大人しく言われるがままになっている。

私は怒《おこ》るどころか呆然《ぼうぜん》としてしまい、思わずスチュワートの顔を見上げた。

彼はその頬をうっすらと赤く染め、すぐに顔をそらしてしまったが。

「って、それどころではないわ。時間がないの。今はとにかく話を……知っていることを全《すべ》て話して」

椅子《いす》に座る時間も惜《お》しい。

静かな玄関先《げんかんさき》で、私はいつもより頼《たよ》りなげな薄藍《うすあい》を見つめた。

しばらくして、彼は諦《あきら》めたように首を振《ふ》る。

「……知っていることと言っても、ほとんどない。昨日の明け方、突然《とつぜん》貴族院の連中が乗り込んできたんだ。そしてアーヴィンが襲われたから、その容疑者として自宅に謹慎《きんしん》するようにと言われた……」

スチュワートが知っていたのは、私たちの持つ情報と大差ないものだった。

混乱したように、スチュワートが銀の髪《かみ》を掻《か》きむしる。

「一体どうなっているっ。アーヴィンは無事なのか？」

「分からない。私たちも行動が制限されているの。でも必ず、あなたにかかった疑いは晴らしてみせます」

そう言うと、スチュワートは信じられないものを見るような目でこちらを見た。

「なぜだ？　お前は……私を恨《うら》んでいたはずだろう？」

一瞬《いっしゅん》、その問いかけの意味が分からなかった。

私は面と向かって、彼に嫌《きら》いだ恨んでいるなどと言った覚えはない。ただ厳しいことばかり言うとか、わけが分からない場面で怒るので多少苦手だという気持ちがある程度だ。

「恨むようなこと、何もないでしょう。あなたが私に言ったことのほとんどは、筋の通ったことだわ」

（あくまで『ほとんど』だけどね。理不尽《りふじん》な場面もあるにはあったけど、恨んだりするほどのことじゃないし……）

会話がかみ合わない居心地《いごこち》の悪さを感じていると、閉じられた入り口の向こうが俄《にわ》かに騒《さわ》がしくなった。

城からの使者が来たのかもしれない。もう時間がない。

その時だった。

「だが……お前がひきこもるようになったのは私のせいだろう！」

悲愴《ひそう》な顔で、スチュワートが言った。

私は驚き、一瞬焦《いっしゅんあせ》りを忘れる。

「憶《おぼ》えて……？」

確かに、彼に『変な顔』と言われたことがひきこもるようになったきっかけではある。けれどそれは本当にきっかけにすぎず、元々人見知りの私はただ苦手な外界との関《かか》わりから逃《に》げたのだ。それはスチュワートのせいではない。

「私の言葉があったから、お前は……」

「確かに、五歳の女の子に『変な顔』って言葉はひどすぎるけど――」

「は？」

「そんなこと、今更《いまさら》気にしてない。私がひきこもっていたのは私自身のせいよ。あなたが心苦しく思うようなことじゃない」

「いや、ちょっと待て。私は『変な顔』だなんて一言も言ってないぞ。『こんな顔は見たことがない。変な気持ちだ』と言ったんだ！」

スチュワートが、必死に思い出の訂正《ていせい》を求めてくる。

今はそれどころじゃないと思うのだが、彼の表情は必死そのものだ。

「そんな。どっちでも同じでしょ？　つまりは見たこともないほど変な顔だったということではないの？」

「違う！　あの時私は、君のことを――」

スチュワートが何か言いかけたその瞬間《しゅんかん》、背中で扉《とびら》が開いた。

数人の衛兵と、城からの遣《つか》いらしい役人が飛び込んでくる。

「フランチェスカ・ファネル嬢《じょう》、そこまでです！」

先ほど私を通した衛兵が、苛立《いらだ》たし気に叫《さけ》んでいる。

(早すぎる！　まだ満足に話も聞けていないのに！)

衛兵たちは私とメアリーを拘束《こうそく》し、外に引きずり出そうとした。

男の力に敵《かな》うはずがない。

「待て、お前たち！」

スチュワートの叫びが聞こえる。

しかし衛兵たちは取り合わない。どころか彼も私に近寄れないよう取り押さえられているのが見えた。

静まり返っていたフロアが、突然騒《とつぜんさわ》がしくなる。

右も左もわからない状況《じょうきょう》で、なぜかその言葉だけが私の耳に届いた。

「シアンには気をつけろ！　あいつはただずるがしこいだけの男じゃない!!」

「え……？」

スチュワートの言葉を理解する前に、残酷《ざんこく》にも公爵《こうしゃく》家の扉は重く閉じられた。

言いようのない不安が胸の内に広がっていく。私はどくどく脈打つ心臓を持て余しながら、ただ衛兵たちの言いなりになるより他《ほか》なかった。

私はお小言と共に解放され、馬車に乗ってすぐに帰宅することができた。

スチュワートと顔を見て話すことができたのだから、目的は達成できたと思う。

残念ながら犯人探しの有力な情報は得られなかったが、仕方ない。シアンの方に期待だ。

けれどそんなことよりも、今はスチュワートが最後に放った言葉が頭を離《はな》れなかった。

（シアンに気をつけろって、スチュワートは確かにそう言った。どういうこと？　スチュワートはシアンと仲が悪いから、それで……）

確かにシアンは、酔《よ》って突然家に押しかけてくるような人で、品行方正とは言い難《がた》い。

けれどスチュワートを助けるために共闘《きょうとう》している今は、彼を信頼《しんらい》し頼っている部分が少なからずある。

不仲ゆえに出た言葉だと信じたいけれど、一度生まれた不安はざわざわと囁《ささや》いていつまで経《た》っても消えることがなかった。

その夜。

なんとなく落ち着かない気持ちで待っていると、やはり前日と同じ頃《ころ》にシアンがやってきた。

「どうした？　やはり会えなかったか？」

精一杯《せいいっぱい》笑顔《えがお》を作ろうとしたのだが、やはり無理だったらしい。

多分顔が恐《こわ》くなっているのだろうと想像しながら、定番になってきた応接室で向かい合って座る。

「スチュワート様と、お会いすることはできました。少しやつれていらっしゃいましたが、文字通りの謹慎で激しい取り調べなどは行われていないようです。ただ、事件については何もご存じないようでした。事件の翌朝早く、突然貴族院の人間がやってきて彼に謹慎を申し付けたと……」

私の報告に、シアンは難しい顔で腕組《うでぐ》みした。

「――いくら何でも、貴族院の動きが早すぎるな。やはりあいつらの中の誰《だれ》かが……？」

彼は貴族院を構成しているメンバーを思い返しているようだ。

一方で私は、本当にこの人を信用して大丈夫《だいじょうぶ》なのかという不安に揺《ゆ》れていた。

（スチュワートはシアンがお父様のご遺言《ゆいごん》に縛《しば》られていたことを知らない。今の彼は以前の彼とは違《ちが》うわ。何より、相棒を疑うなんて――）

「どうした。気分でも悪いのか？」

どうやら考えに没頭《ぼっとう》していたらしい。気付くとシアンが心配そうに顔を覗《のぞ》き込んでいたので、私は慌《あわ》てて首を横に振《ふ》った。

「問題ありませんわ！　そ、それよりもシアン様の首尾《しゅび》はいかがでしたの？」

慌てて話を逸《そ》らすと、シアンは不思議そうな顔をしながらも今日の成果について話し始めた。

「アーヴィンだが。正直まだ助かるかどうかは五分五分だそうだ。事件以来眠《ねむ》り続けていて、本人はとても話を聞ける状態じゃないと」

「まあ……」

数日前に見たばかりの、アーヴィンを思い出す。

無口で恐い人だと思っていたけれど、スチュワートについて語る時彼は饒舌《じょうぜつ》だった。

――幼い私が誓《ちか》いのキスをくれたと、意地の悪い笑みを見せた彼。

思わず、祈《いの》るようにぎゅっと両手を握《にぎ》った。

騎士《きし》団でも慕《した》われていたアーヴィン。彼はリンドール王国にとってなくてはならない人だ。

「……必ず、犯人を裁きの場に引きずり出しましょう。アーヴィン様は闘《たたか》っていらっしゃいます。私たちも必ずそれに報《むく》いなければ」

「ああ。アーヴィンの回復は医者に頼《たよ》るしかない。俺たちは俺たちだ」

そう言うと、シアンはテーブルの上に一枚の紙を差し出した。

余り質の良くない厚紙に、黒炭で書かれた荒々《あらあら》しいクロッキー。

決して上手《うま》いわけではないが、数人の黒い人影《ひとかげ》がナイフを持って迫《せま》ってくる。禍々《まがまが》しい構図に鬼気《きき》迫《せま》る迫力《はくりょく》を感じた。

「これは？」

「当日一緒《いっしょ》だった使用人が描《か》いたものだそうだ」

「襲《おそ》われた時、アーヴィン様はお一人だったのではないのですか？」

「それがどうやら、直前までは使用人と一緒だったらしい。アーヴィンは誰かと会う約束があると言っていたそうだ。そして細い路地に入れないからと馬車は使わず、使用人に荷物持ちをさせていたらしい」

「そのお相手というのは？」

「残念ながらアーヴィンは相手について何も言っていなかったそうだ。そして人気《ひとけ》のない路地で黒ずくめの男たちが襲い掛《か》かってきたと。アーヴィンは使用人に人を呼ぶようにと走らせ、一人で立ち向かった」

「それでお一人で……」

恐《おそ》らくアーヴィンは、使用人を庇《かば》ったのだろう。

他の貴族からすれば考えられないことだろうが、彼は強くそして優《やさ》しい人だ。

「使用人が人を呼んで駆《か》けつけた時には、アーヴィンが息も絶え絶えで倒《たお》れ込んでいた、と。近くの地面には争った跡《あと》と、アーヴィン一人のものとは到底《とうてい》思われない量の血痕《けっこん》が残されていたそうだ」

話を聞いていると、胸がしくしくと痛んだ。

アーヴィンには絶対に助かってもらいたい。彼にはもっと聞きたいことがあった。話したいことがあったのだ。

「……あら？　そういえば、その使用人が持っていた荷物はどうなったのです？　アーヴィン様がわざわざ人を一人連れて行ったということは、余程《よほど》大きなかさばる荷物だったのではありませんか？」

ふと気になることを尋《たず》ねると、シアンが我が意を得たりとばかりににやりと笑った。

「流石《さすが》だな。俺もそれが気になったんだが、荷物を置いて使用人は人を呼びに行き、戻《もど》った時にはアーヴィン以外何も残されていなかったそうだ」

「何も……」

「ああ。古びた革鞄《かわかばん》で、かなり大きなものらしい。おそらくは襲ってきたやつらが持ち去ったんだろう。となると、だ……」

「鞄の中身を、犯人たちは知っていた……？」

「多分な。でなければそんな大きなものを持ち去る理由はない。おそらく犯人たちは、アーヴィンが待ち合わせていた相手から情報を得ていたか、あるいは直接指示を受けていたんだろう。血痕の量からして、犯人側も負傷していた者が多かったはずだ。そんな状態でかさばる大きな鞄を持ち去ったということは、余程知られたくない物——例えば犯人の素性《すじょう》を示すような何かが、その鞄に入れられていたとも考えられる」


シアンの推論に異論はなかった。

その鞄さえ残されていれば、おそらく犯人を突《つ》き止める大きな手掛《てが》かりになったことだろう。

「せめて、待ち合わせていた相手が誰なのかさえ分かれば……」

他《ほか》にもっと手掛かりはないのかと、私は粗《あら》いクロッキーに目を落とす。

あまり細密に描かれた絵ではないが、ふと、黒ずくめの者たちが一様に似たような武器を手にしていることに気が付く。それも片手ではなく、両手。長剣《ちょうけん》ではなく、短刀だ。しかもただのナイフではなく、それぞれに独特の歪曲《わいきょく》が見られた。

「これ……」

「どうした？」

じっと、私はそのナイフに目を凝《こ》らした。

刃先《はさき》が真っすぐではなく反っている形は、リンドール王国では滅多《めった》に見ないものだ。

私も実物は見たことがない。ただ以前読んだ旅行記で、こういった武器を使う民族がいるという記述があったのを思い出す。

(あれは、どこの国だったかしら？)

「シアン様。付き合ってくださいませんか？」

「は⁉」

顔を上げずに言うと、シアンは随分《ずいぶん》と驚《おどろ》いたようだった。

「突然《とつぜん》何言って……」

「明日《あした》わたくしと一緒に、アーヴィン様が襲われた現場に行きましょう！」

顔を上げると、シアンはなんともいえない顔で私を見下ろしていた。


約束通り、私たちはアーヴィンが襲われた現場に向かうことにした。

シアンが乗ってきた馬車に乗り込み、娼館《しょうかん》などが多くあるという歓楽街《かんらくがい》へ向かう。

知識としては知っていても、そこに行くのは初めてだ。

とはいっても、元々私はひきこもりなのでどこへ行くのも大抵《たいてい》初めてなのだが。

いつもお目付役として一緒についてきてくれるメアリーも、今日は留守番だ。

出かける直前まで彼女は難しい顔をしていたけれど、流石にそんな危険な場所にまで同行させるわけにはいかない。

「だからって公爵令嬢《こうしやくれいじよう》自ら乗り込むのも、どうかと思うがな」

そんな世間話をしていたら、シアンがそう言って大きなため息をついた。

失礼な。

公爵令嬢だとばれないように、メアリーに頼み込んで古くなった私服を貸してもらったというのに。

そう言うシアンも、とてもじゃないが侯爵《こうしゃく》とは思えないような恰好《かっこう》をしている。目に痛い何とも言えない色の青いジャケットに、色あせたクラヴァット。

彼に熱い視線を向けていた令嬢方がこれを見たら、ショックで気を失ってしまうかもしれない。

馬車だって、綿のクッションがないのでひどく腰《こし》が痛む。どちらの家の紋章《もんしょう》もないし、確かに狭《せま》くて窮屈《きゅうくつ》だ。

「旦那《だんな》様、そろそろです」

小窓を通して、御者《ぎょしゃ》が話しかけてくる。

「分かった」

馬車が停《と》まったのは、大きな川のほとりだった。街中にある川だから、水は緑色でなんだか判別の付かないものが色々と流れてくる。この川こそが話に聞く、旧市街と新市街を隔《へだ》てる川だろう。

城とそれを取り囲むように立ち並ぶ貴族の屋敷《やしき》があるのが旧市街。そして橋を渡《わた》ったその先にあるのは市場がありスラムもある新市街だ。

馬車が停まっているのは新市街側の端《はし》の付け根。

橋の向こうに見慣れた城が、いつもより小さく見えた。

少しの外出でも私にとっては大冒険《だいぼうけん》だ。思わずため息が零《こぼ》れる。

「こちらでお待ちしております。お気をつけていってらっしゃいませ」

そういう御者に見送られ、私たちは歩き出した。

地面は舗装《ほそう》されていないむき出しの土だ。その上軽くぬかるんでいて、ヒールの靴《くつ》では歩きにくいことこの上ない。

シアンが私の腰をぎゅっと抱《だ》き寄せ、密着して歩くよう指示してくる。気恥《きは》ずかしいが、これが普通《ふつう》だと言われれば従うより他なかった。

歩けば歩くほど、街の雰囲気《ふんいき》はどんどん薄暗《うすぐら》く猥雑《わいざつ》になっていく。

羞恥《しゅうち》と足の疲《つか》れで限界を迎《むか》えそうになった時、ようやくシアンが立ち止まったので歓声《かんせい》を上げたくなった。

「ここだ」

シアンが示したのは、薄暗い路地だった。

今にも壊《こわ》れそうな建物が立ち並び、知識のない私ですら危なそうな場所だと危機感が募《つの》る。

「ここが……本当に？」

私は信じられなかった。

予想していた以上に荒《あ》れた場所で、アーヴィンには全くそぐわない場所だったからだ。

「ああ。貴族どころか平民だって夜には近づかない。それほどまでに危ない場所ってことだ。アーヴィンは腕《うで》に覚えがあるから、それで油断したのかもしれないな」

その場にしゃがみ込み、何かアーヴィンが襲《おそ》われた痕跡《こんせき》はないだろうかと目を凝らす。

私の推測が正しければ、土の上にある種の跡が残されているはずなのだが。

「あんた、なにしてんだ？」

「跡を探しているの。人や馬の足跡《あしあと》とは違《ちが》う、細くて鋭《するど》い——……」

言いかけて、はっとして顔を上げる。

私に話しかけた声はシアンのものではなかった。

目の前に赤ら顔の老人が立っていたので、私は驚いてもう少しで尻餅《しりもち》をつくところだった。

いつの間にか私の背後にきていたらしいシアンが、転がりかけた私の背中を支えてくれる。

「はあー？　一生懸命《いっしょうけんめい》なとこ気の毒だが、今朝方の雨でなんもかんも流れちまったと思うぞ？」

老人の息からはきつい酒精が感じられたが、それに反して口調はしっかりとしたものだ。

「雨……」

私は曇《くも》った空を見上げる。

ひきこもりで天気など気にしたことがなかった。

そういわれてみれば確かに、ここに来る途中《とちゅう》の道も雨によってぬかるんでいたのだ。

「何を探していたんだ？」

今度の問いはシアンのものだ。

「刃物《はもの》の跡です。細い……」

「嬢《じょう》ちゃんもしかして、何日か前のお貴族様が襲われた事件のこと言ってんのか？」

答えを返したのは老人だ。その言葉に、思わずその老人の腕を摑《つか》んだ。

「知っているのですか？」

「うわぁ、おいおい積極的な嬢ちゃんだなあ」

「そうじゃなくて！」

逃《に》がすまいと強く握《にぎ》った手を、シアンが解《ほど》く。

「すまんなご老人。この女は思い込みが激しくてな。これで勘弁《かんべん》してくれ」

そう言いながら、シアンが老人に握らせたのは小銀貨だ。

使い込まれた小銀貨だったので、私は思わずシアンの顔を見上げてしまった。

「おうおう景気がいいねえあんちゃん。ありがとよ！」

「それにしても、ここでお貴族様が襲われたって話は本当だったのか。まさかと思ったが」

「本当も本当。本当よ。おらぁこの目で見たんだから間違《まちが》いない。騒《さわ》がしくて外に出てみたら、男が一人倒《たお》れてたんだ。すぐに供の者とやらが駆《か》けつけて来たんでな、よく見ないで家に引っ込んだけどよ」

そう言って老人が指さしたのは、すぐ近くにあるあばら家だった。

「こっ、声なども、聞こえたのではありませんか!?」

慌《あわ》てて問うと、老人は奇妙《きみょう》そうにこちらを見る。

「随分ご丁寧《ていねい》な嬢ちゃんだな。最近の流行《はや》りなのかい？」

ぎくりとする。

「申し訳ないが、あの夜の話はなんも聞き取れんかったよ。俺には学がねえからなあ」

「というと？」

「お貴族様を襲ったのは、どこか別の国の奴《やつ》らだった。だから喋《しゃべ》ってる言葉も、なーんも分からなかったのよ」

老人の言葉に、私は確信を持った。

けれどまだ、証拠《しょうこ》としては不十分だ。

「何か、匂《にお》いはしませんでしたか？甘い花のような」

「ああ？そうだなー……。言われてみりゃ確かに、なんだか甘ったるい匂いがしていたような……」

首を傾《かし》げる老人の手を握り、私は無理矢理《むりやり》握手《あくしゅ》をした。

こうしてはいられない。早く屋敷に戻《もど》って、資料をひっくり返さねば。

おっとその前に。

私はスカートの隠《かく》しポケットから帳面を取り出すと、そこにさらさらと文字を書きつけついでにサインをした。

「この紙を持って今すぐ新市街のエンリ商会を訪ねてください。お礼は十分にいたします」

渡された紙と私を交互《こうご》に見ながら、老人は目を白黒させている。

「あんた……」

「シアン様。こうしてはいられません。戻りますわよ！」

「はぁ⁉　一体全体何が分かったっていうんだよ！」

くるりと来た道を戻り始めた私の後を、戸惑《とまど》いながらシアンがついてきた。

来た道は覚えている。帰るだけなら楽勝だ。足が痛いのはこの際忘れることにする。

そうして私たちは日が沈《しず》む前に、大急ぎで公爵《こうしゃく》家の屋敷に戻ったのだった。


「お嬢様《じょうさま》！　一体何があったんですか⁉」

帰宅した私の恰好《かっこう》を見るなり、メアリーは絶叫《ぜっきょう》した。

「ごめんねメアリー、服を汚《よご》してしまって……」

「そんなことどうでもいいんです！　とにかくすぐにこちらへいらしてください‼」

勢い込んだメアリーは、後ろに立っていたシアンをぎらりと睨《にら》みつけると、無理矢理に私の手を引っ張っていく。

「メアリーっ、わたくしちょっと、調べたいことが……」

「後になさってください！　まずはお風呂《ふろ》で外の汚れを洗い流しますので」

「お風呂まで⁉　そんな、せめて着替《きが》えるだけで十分」

「そうは参りません！　こんなお嬢様を人目に触《ふ》れさせたとあっては、侍女《じじょ》を拝命している私の沽券《こけん》にかかわります！」

「そ、そこまで……」

メアリーが私の身だしなみに対して、そこまで並々ならぬ情熱を抱《いだ》いていたとは知らなかった。

ここは下手に抵抗《ていこう》するよりも、大人しく従った方が早く済みそうだ。

「シアン様、申し訳ありませんが……」

「いい、気にするな。俺も一度帰って出直してくる」

どうも、馬車の中からずっとシアンは顔色がよろしくない。

私の身勝手な行動に呆《あき》れたのだろうか。それとも本当に体調が？

どうしたのか尋《たず》ねようと思うのに、メアリーにずんずん引っ張っていかれてはそれもできなかった。

無理して笑ったシアンの顔が引きつっていたような、ついでに言うとその場にいた使用人たちが皆《みんな》見たこともない厳しい顔をしていたような。

（きっと、気のせいよね？）


あれやこれやが終わって、シアンがくるまで私は自宅の図書室をひっくり返していた。

ひきこもって以来本とチェス盤《ばん》が私の友達。

なので図書室にある本はお父様よりも把握《はあく》しているし、そのほとんどは読みつくしてしまった。

「ええと、確かこの辺りに……」

「お嬢様。今日はお疲《つか》れでしょう？　明日《あした》になさってはいかがですか？」

「メアリーもう少しだけ」

人目も気にせずハシゴを上って、背の高い棚《たな》から本を抜《ぬ》き出してはぱらぱらとめくって戻していく。

この辺りは諸外国を旅した冒険《ぼうけん》家の見聞録で、中には異国語で書かれた物も多いのだ。

タイトルだけでは書かれていた本を思い出すことができず、次々に内容を確かめていく。

「もうっ、一体何をお捜《さが》しなのですか？」

「異国の……そう。不思議な短刀を使う暗殺集団が……」

「暗殺⁉」

「あった！」

目的の本を発見した喜びで、うっかりバランスを崩《くず》してしまった。

いくら室内着とはいえ、スカートでハシゴに腰《こし》かけていたのが悪かったのかもしれない。

何とかバランスを保とうとするが、手にした本の重みもあってどうにもなりそうになかった。

メアリーの悲鳴が響《ひび》き渡《わた》る。

（この本だけは……っ）

私は本を抱《だ》きしめたまま、痛みを覚悟《かくご》して目をつぶった。

しかしいつまで経《た》っても、痛みはやってこない。

（あれ？）

おそるおそる目を開けると、目の前にあり得ない人がいた。

神秘的な銀髪《ぎんぱつ》に空色の瞳《ひとみ》。スチュワートの顔のどアップだ。

「あら、これが死の間際《まぎわ》に見るという夢なのかしら？」

夢に見るほど、自分がスチュワートに焦《こ》がれているなんて思いもしなかった。

彼を助けたいという気持ちはあれど、特別な執着《しゅうちゃく》はない――と思う。

スチュワートはひどく青ざめた顔をしていた。私よりむしろ先に彼の方が死んでしまいそうな顔だ。

「大丈夫《だいじょうぶ》ですか？　スチュワート様」

立場が逆だとは思ったが、私は夢の中の彼の頰《ほお》に手を伸《の》ばした。夢だと思えば普段《ふだん》できないこともできてしまうものらしい。

すると彼の顔は血の気の引いた青から、途端《とたん》に頰紅《ほおべに》をはたいたみたいに赤くなった。男性である彼には不似合いな表現だが、スチュワートには性別を超越《ちょうえつ》した美しさがあるので、違和感《いわかん》はあまりない。

「な……」

「な？」

赤くなって小刻みに震《ふる》えるスチュワートが、なんだか可愛《かわい》いなあと思った。

男性にこんなことを思うのも、そういえば初めてだ。

「何を馬鹿《ばか》なことを言っている！」

てっきり夢か幻《まぼろし》だと思ったのに、それにしては厳しいお言葉を頂く。

「いつまで寝《ね》ぼけているつもりだ。それよりさっさと私の上からどいてくれ！」

悲鳴のようなスチュワートの言葉に、私はようやく我に返った。

「へ？」

見ると、私の体はなぜか仰向《あおむ》けになったスチュワートの上に乗っていた。周りを見回せば倒《たお》れたハシゴと、今にも気を失いそうなメアリーの顔。

「お、お嬢様……」

もう言葉にならないとでも言いたげなメアリーの手を借りて、スチュワートの上から立ち上がる。夢中で抱きしめていた本を彼女に渡すと、ようやくこれが現実だという実感が湧《わ》いてきた。

「わ、私なんてこと……」

今度赤くなるのはこちらの番だ。顔が燃えるように熱い。

あろうことか自分を受け止めてくれたスチュワートに、幻だと思い込み触れてしまった。顔も今考えればありえないぐらい近かったと思う。私の変な顔を余すところなく見られてしまったに違《ちが》いない。

とても冷静ではいられず、頭の中は大混乱の一言だ。

とにかく私は変な顔を隠すべく、両手で顔を覆《おお》った。

「何をしている？」

立ち上がったスチュワートの問いかけに、答える声は震えた。

「へ、変な顔になっていると思うので、スチュワート様をご不快にさせないよう隠《かく》しているの

です。お気になさらず……っ」

私がそう言うやいなや、彼は強引《ごういん》に私の右手をつかんで顔から剝《は》ぎ取ってしまった。

恐《こわ》い顔のスチュワートと目が合う。

「こ、公爵様《こうしゃく》！　お嬢様《じょうさま》は大変動揺《どうよう》しておいでですのでしばらく時を置いてから……」

「下がっていろ！」

仲裁《ちゅうさい》に入ろうとしたメアリーに、なぜかスチュワートが声を荒《あら》らげた。

彼女は心配そうに私の様子を窺《うかが》いながら、それでも逆らえずに部屋を出て行く。

それから、しばらくは沈黙《ちんもく》が続いた。

スチュワートは私の手を強く握《にぎ》ったまま、放そうとしない。

何か言いたげな様子ではあるのだが、どう切り出していいのか分からないという顔だ。

先に音を上げたのは私の方だった。冷静になったというよりは、ならざるを得なかったのだ。

それほどまでに、私の手首を握るスチュワートの力は強かった。

「い、いたいっ」

思わず上げた悲鳴に、スチュワートが慌《あわ》てたように手を放した。

「す、すまない……」

「いえ……」

二人の間に、再び気まずい沈黙が落ちる。

――それにしても、自宅で謹慎《きんしん》処分を受けているはずのスチュワートが、どうしてこんなところにいるんだろうか？

私は動揺を誤魔化《ごまか》す意味も込めて、つとめて冷静に言った。

「……スチュワート様、もう謹慎は解かれたのですか？」

「あ……いや……、その……」

彼らしくない、要領を得ない物言いだ。

「スチュワート様！」

強めの口調で言うと、彼は叱《しか》られた大型犬のように肩《かた》を落とした。

「……お前を訪ねてきて、案内の途中《とちゅう》で悲鳴が聞こえたので飛び込んだんだ。無事で、よかった……」

しみじみとそう言われれば、それ以上追及《ついきゅう》することはできなくなってしまう。だって彼に助けられたことは事実なのだ。もし彼が受け止めてくれなかったら、私は今頃《いまごろ》大変な怪我《けが》をしていたことだろう。

「べ、別に責めているわけでは……。スチュワート様のおかげで助かりました。ありがとうございます……」

今更《いまさら》な気もしたが、私はようやく彼にお礼を言うことができた。

そんな私を、スチュワートが複雑そうな顔で見下ろしている。

「あと、その……お前の顔のことだが……」

スチュワートが言いづらそうに言うので、やっぱり変な顔を見せてしまったのだと私は慌てた。

「も、申し訳ありませんご不快でしたよね……」

「違う！」

改めて謝罪すると、間髪《かんはつ》を容《い》れずにスチュワートが否定する。

「お、お前の顔を！　その、変だと言ったのは謝る！　だからそんな、自分を卑下《ひげ》するようなことを言わないでくれ……」

彼が、幼少期の出来事を言っているのはすぐに分かった。

かれは苦渋《くじゅう》の表情を浮《う》かべたまま、しかしなぜか今度はその手のひらが私の頰に伸びてくる。

呆然《ぼうぜん》としていた私は、逃《に》げることもせずその手を受け入れてしまった。

「幼いお前を、傷つけたことをずっと後悔《こうかい》していた……それでお前が屋敷《やしき》から出てこなくなってしまったからなおさら……」

「お気になさらないでください。私が弱いのがいけないのです。弱いから逃げて、高貴なる者の義務を果たすこともしてこなかった……今はその務めを、少しでも果たしたいと思っています。だからもう、そのことを気に病《や》んで求婚《きゅうこん》なんてなさらなくてもいいのです」

いつかきちんと言わなければいけないと思っていたことだ。シアンやアーヴィンにも言えることだが、二十歳《はたち》を超《こ》えた貴族男性が結婚《けっこん》もせずにいるなんて本来あってはならないことだ。暗に私ではなく他《ほか》の誰《だれ》かをと言ったつもりだったが、スチュワートの表情が晴れることはなかった。

「その顔はその……っ、う、美しいと思う！　あの時はその、そう思う女に会ったことがなかったんだ。だからその、自分の気持ちを言い表す言葉が分からなくて……」

しどろもどろに言うスチュワートは、どうやら私を慰《なぐさ》めてくれているらしい。今までの彼からは考えられないようなことだ。

思わず呆気《あっけ》にとられていると、羞恥《しゅうち》に耐《た》えかねたのか彼はふいと体ごと後ろを向いてしまった。そしてぎこちない動きで、部屋の外に出て行こうとする。

「い、いくぞ。未婚《みこん》の者同士が二人きりで話すべきではない」

そして今更マナー講師のようなことを言って、私をエスコートしようとしてくる。

応接室に向かうまでの間、私たちは一言も言葉を交《か》わさなかった。

けれど歩くスピードは私に合わせてくれていたし、なんだかんだで紳士《しんし》的な人だ。さっきの言葉も、私を慰めようとしたからに違いない。だって美しいなんて、家人以外から言われたのは初めてだ。

――不器用なだけで、本当は優《やさ》しい人なのかもしれない。

応接室に入ると、後から扉《とびら》をくぐった私の方がドアを閉めた。

一瞬《いっしゅん》スチュワートはぎょっとしたようにこちらを見たが、結局何も言わずカウチに腰《こし》を下ろす。また二人きりになってしまうだろうとその目が咎《とが》めていたが、謹慎処分中である彼が我が家にいると知る者を、これ以上増やすわけにはいかないのだ。

部屋を移動したことで、ようやく頭が冴《さ》えてきた。

そのカウチは、ここ数日はシアンが座っていた場所だ。

見慣れるほどの期間ではなかったのに、容姿があまりに違《ちが》う二人なので違和感《いわかん》のようなものを覚えた。

メアリーが入ってきて、お茶を淹《い》れてくれる。おそらく私を心配してずっと様子をうかがっていたのだろう。

それは苦くはない、最適な濃度《のうど》で淹れられたお茶だった。

「二人にして」

言葉少なにそう命じると、一瞬メアリーは何か言いたげな顔をした。しかしスチュワートの手前、何も言わずに出て行ったけれど。

「――それで、どうして無理をしてまで我が家に？　謹慎中の外出は、余計な疑いを招きますわ」

私の言葉は少し彼をたしなめる色を含《ふく》んでいただろう。

妙《みょう》な空気を拭《ぬぐ》い去りたくて、あえて少し強い口調で言った。

カップからお茶を飲んでいたスチュワートの眉《まゆ》が、ぎゅっと分かりやすく眉間《みけん》に寄る。

「お前が……シアンと一緒《いっしょ》に行動などしているから……」

「ええ。多少意地の悪い方ですが、スチュワート様の冤罪《えんざい》を晴らすために協力してくださっています」

カチン、と。スチュワートがカップを置いた音がやけに耳につく。

「言っただろう。あいつはただずるがしこいだけの男ではないと」

「ええ、とても頼《たよ》りになります」

「そういうことではない！」

何がそんなに気に入らないのか、スチュワートは我慢《がまん》ならないとばかりに立ち上がる。

ただでさえ身長差があるのに、こちらが座っているのだから巨人《きょじん》を見上げている気分になった。

紳士らしい行いではないと気付いたのだろう。彼はすぐに座り直したけれど。

「一体、シアン様の何がそんなに気に入らないのですか？　後継者《こうけいしゃ》会議の結果が長引けば、損をするのはあの方とて一緒でしょう」

シアンの父親の件を話せば、スチュワートは納得《なっとく》するのかもしれない。

けれどそれはごく個人的な事柄《ことがら》なので、私は気安く話すべきではないと感じていた。

「あいつは……っ。いや、今話すべきことではないな。それより、さっきは図書室で一体何を調べていたんだ？」

スチュワートは珍《めずら》しく言い淀《よど》むと、無理矢理《むりやり》に話題を変えた。

いぶかしく思ったが、作法にならって無理に聞き出すようなことはしない。

私はどう答えるべきだろうかと思案した。

さっき抱《かか》えていた本はリンドール出身の冒険家が書いた旅行記で、お祖父《じい》様に頼《たの》んで複写していただいた貴重な本だ。

書かれているのは遠い異国の景色と、そこに暮らす人々のこと。

リンドールと違いその国に暮らす人の髪《かみ》は基本黒か紺《こん》で、文化から思想までなにもかもが我が国とは異なっているという。

自国の民《たみ》に悪影響《あくえいきょう》を与《あた》えかねないと発刊禁止になった本だ。

所蔵しているのは城の図書館と、あとは我が家にある二冊きりだと思う。城では閲覧《えつらん》禁止になっているはずだから、自由に読むことができるのは我が家にあるこの一冊だけということになる。

私はメアリーを呼び戻《もど》し、さっきの本を持ってきてもらった。

ぱらぱらとそのページをめくると、空気中に微《かす》かな埃《ほこり》が舞《ま》う。子供の頃《ころ》、何度も夢中になって読んだ本。

「これは、遠い東の国――ダイールについて書かれた本です」

「ダイール、だと？」

スチュワートが驚《おどろ》いた顔になった。その様子からすると、彼はどうやらダイールを知っているらしい。

「はい。我々とは違う神を信じ、異なる生活様式を持つ民族。彼らは部外者を異様に嫌《きら》い、我が国の冒険家《ぼうけんか》も何人も殺されています。おそらくこの本は我が国で唯一《ゆいいつ》の、ダイールについての詳細《しょうさい》な資料でしょうね」

本当ならねだって複写してもらえるようなものではないのだが、ひきこもりの私を憐《あわ》れに思ったお祖父様が遺《のこ》してくれたものだ。

これを見ると懐《なつ》かしい気持ちと、そして少しの情けない気持ちに苛《さいな》まれる。

けれど今は、そんな感傷に浸《ひた》っている時ではない。

隠《かく》しポケットに忍《しの》ばせていた、アーヴィンの使用人が描《えが》いた絵を本の隣《となり》に広げる。

禍々《まがまが》しい黒い襲撃《しゅうげき》者たちにスチュワートが息を呑《の》んだのが分かった。

「これは、事件当日アーヴィン様が連れていた使用人が描いた絵です。このナイフを見てください。刃《は》が反っているのが分かります」

私は目当てのページを捜《さが》し当て、その文章を読み上げる。

「そしてこれが――〝彼等は全身を黒い衣《ころも》で覆《おお》い隠し、両手足に丸まった特殊《とくしゅ》なナイフを持って戦う。次々と繰《く》り出される剣戟《けんげき》は舞踏《ぶとう》を見るようで、しかし見惚《みと》れている内に命までも奪《うば》われる死神の舞踊《ぶよう》であった〟」

文章からは、これを書いた冒険家の興奮が伝わってくるようだった。

見たこともない武器。そして踊《おど》るように人を殺す暗殺集団。

冒険家は絶体絶命の危機に瀕《ひん》しながらも、その踊りを見届けようとした。

「つまり、アーヴィンを襲《おそ》ったのはダイールの連中だと？　そんな馬鹿《ばか》な……」

スチュワートが食い入るように粗いクロッキーを見つめている。

私がアーヴィンの襲われた現場で探していたのは、彼らが足にもつけているはずのナイフの跡《あと》だった。

恐《おそ》らく足の裏にナイフを固定して、手足の別なく彼らは四本の刃を身に着けているはずだった。

残念ながら、あったはずの特殊な足跡《あしあと》は朝の雨で流されてしまったのだけれど。

――でも。

「今日、アーヴィン様が襲われた現場にお邪魔《じゃま》した時、その近くに住むという老人から話を聞くことができました」

「おい、現場は新市街の中でも治安の悪い地区だと聞いている。女の身でまさかそんな場所に行ったんじゃないだろうな？」

「あなたの冤罪《えんざい》を晴らすためです。それにこの通り無事帰って来たでしょう？」

「それは結果論だろう！　なんでそんな危ないこと……シアンは止めなかったのか？」

「止められましたよ。でも仕方なく折れてくださいました。——その老人には、城下にある当家御用達《ごようたし》の商会を訪ねるようにと言ってあります。紹介状《しょうかい》と匿《かくま》ってくれるよう手紙を書きましたから、証人喚問《かんもん》で召喚《しょうかん》することも可能でしょう」

「うっ……しかしな……」

「分かっています。貴族でもないものの証言が当てになるかと、突《つ》っぱねられる可能性が高いでしょうね」

「いや、私はそういうことを言ってるんじゃなくて……」

「けれどもう一つ、そうだと思われる証拠《しょうこ》があるのです」

強い口調で押し切ると、スチュワートはようやく誤魔化《ごまか》されてくれた。

紳士《しんし》は紳士なのだろうが、彼はいささか礼儀《れいぎ》とかにうるさすぎるようだ。彼が王になったら窮屈《きゅうくつ》な王宮になりそうだと、私はちょっとだけ他人事《ひとごと》のように思った。

「証拠？」

「ええ。老人は甘い匂《にお》いがしたと言っていました。そしてこの本の中にも、似たような記述がありますす。〝彼等は一様に花のような甘い匂いを漂《ただよ》わせていた。ガイドが言うには、花を潰《つぶ》した特殊な薬でもって恐怖心《きょうふ》を殺しているのだという。そして死をも恐れぬ悪魔《あくま》のような集団は、辺りを血に染め風のように去っていった〟」

「老人の証言だけでは弱いと、先ほど自分で言ったばかりじゃないか」

「そうですね。しかしこの花は、わが国には自生しない本当に特殊な花なのです。その薬を犯人たちが使ったとすれば、その流通経路を調べれば――」

「……いいや。もっと早い方法がある」

重々しい口調で、スチュワートが言った。

彼の春の空にも喩《たと》えられる淡《あわ》い瞳《ひとみ》が、なぜだか暗い色を湛《たた》えていた。

「ダイールの国の者が、王都にもいるのだ。その者に聞けばいい」

「えぇ!? そんな方いらっしゃるのですか?」

私はひどく驚いた。

本の中でしか知らなかった一族が、すぐ近く、王都に暮らしているというのだから。

不謹慎《ふきんしん》な話だが、私は少しどきどきした。

その者たちがどんな姿かたちをしていて、どんな言葉を喋《しゃべ》るのか。この旅行記を読んではいつも空想していたからだ。

しかしスチュワートは、大きなため息を吐《つ》くばかりでなかなか話そうとはしない。

「スチュワート様、教えてください。その方は一体どこにいらっしゃるのですか? わたくしが会って話を聞いてまいります。だから早く……」

「――今から三十年近く前の話だ。我が国の王族が、和平のためにかの国の娘《むすめ》を娶《めと》った」

言われても、思い当たる人物はいなかった。

いや私は、気付きたくなかったのかもしれない。

「社交界の中でも、年配の人間しか知らない話だ。彼女はほとんど表舞台《おもてぶたい》には出てこず、夫も十年ほど前に若くして亡《な》くなった」

王族の数は多い。遡《さかのぼ》れば無数といえるほど。

だから条件に当てはまる人は他《ほか》にもいるはずなのに、私はある人の顔が脳裏《のうり》に浮《う》かんで否定することができなかった。

――珍しい、濃紺《のうこん》の髪。

その特徴《とくちょう》はダイール人の特徴と合致《がっち》する。

ただあまりに身近過ぎて、私は今の今までその可能性に気付きもしなかった。

「シアンの母こそ、ダイールの姫《ひめ》だ」

スチュワートの言葉に、目の前が真っ暗になったような気がした。

そしてその時になって初めて、シアンが去り際《ぎわ》に見せた血の気の失《う》せた顔、そして彼が自宅から戻らなかった理由、私はそれらの原因に思い至ったのだった。

第四章◆亡国の姫はかく語りき

ベッドに横になっても、気がかりなことが多すぎてなかなか寝付《ねつ》くことができなかった。

結局その夜、真夜中を過ぎてもシアンは戻《もど》ってこなかった。

スチュワートも、これ以上迷惑《めいわく》はかけられないと自宅に戻っていった。一人で無茶《むちゃ》はするなと、しつこいほどに念を押して。

私としては衛兵がたむろするマクニール公爵《こうしゃく》家に彼を帰すことの方が心配だったが、だからと言って自分の独断で彼を匿うことはできない。

貴族の社会はとても微妙《びみょう》なバランスの上に成り立っていて、その爵位《しゃくい》が高いからと法を無視すれば、色々なものが歪《ゆが》んでしまうのだ。

お祖父《じい》様も、いつもそのことで苦心なさっていた。

王が専横を尽《つ》くせば国が傾《かたむ》く。あまり直接的には語らなかったが、手紙のやり取りの端々《はしばし》にお祖父様の苦悩《くのう》を感じたものだ。

思えばその訃報《ふほう》から、まだふた月と経《た》っていない。なのに私を取り巻く環境《かんきょう》の、なんと変わったことだろう。

それまでは何年もひきこもっていたというのに、きょうなど新市街にまで赴《おもむ》いてしまった。それも自らの足で。

普通《ふつう》の貴族令嬢《れいじょう》ですら、そんな場所を歩いたことはないだろう。綺麗《きれい》に整えられた屋敷《やしき》の中しか知らなかった私は、その雑多さや猥雑《わいざつ》さ、それに空の高さにとても驚《おどろ》いた。

美しいだけではない、本の中からは学ぶことのできない生活の匂い。

（あれが、お祖父様の守ってきたものなのね）

私は初めて、そのことを肌《はだ》で感じた。

ウィルフレッド一世が大切に守ってきたもの。貴族だけではない地に根付いた人々の暮らし。王都だけではない。リンドール王国は王都の外にも広大な土地を有している。

（その土地と、土地で暮らす人々を守る王――それを決めるのが後継者《こうけいしゃ》会議なのだわ）

私は改めて、次期国王を選ぶことになった自分の責任の重さを感じた。

誰《だれ》を選ぶかで、国の運命が変わってしまう。多くの人の人生まで変えてしまう選択《せんたく》なのだ。

（お祖父様はどうして、私なんて候補にお選びになったの……？）

候補に選ばれてからもう何度考えたか分からない問いが、再び胸の内に浮かんでくる。

王として選ぶのなら、私の父だってよかったはずだ。身内の欲目《よくめ》ではなく、父はこんな私にも気を遣《つか》ってくれる素晴《すば》らしい人だもの。

けれどお祖父様はそうしなかった。

どころか、候補者は全員がまだ若い。最も年長のアーヴィンですら三十歳。働き盛りではあるが、威厳《いげん》があるとは言い難《がた》い年齢《ねんれい》だ。

(分からない。お祖父様が何を思ってあんな遺言《ゆいごん》を遺《のこ》されたのか……)

何度も寝返《ねがえ》りを打ち、空が白み始めた頃《ころ》ようやく眠気《ねむけ》がやってきた。

カーテンの隙間《すきま》からは光が漏《も》れているのに、ざあざあと微《かす》かな雨音がしている。

ぬかるんだ道をシアンと歩いたのはまだ昨日のことなのに、もう遥《はる》かな昔のことのように遠く感じるのはなぜなのだろう?


目が覚めるともう昼が近かった。

「お嬢様《じょうさま》。お顔の色がすぐれません。今日はこのまま休まれてはいかがですか?」

洗顔用の水桶《みずおけ》を運んできたメアリーが気遣《きづか》ってくれるが、そういうわけにもいかない。

「いいえ。今日はやることがあるから」

「そんなことおっしゃって、ここ数日ずっと無茶なさっているではありませんか。お嬢様は体力がないのですから、そのことを弁《わきま》えて行動していただかないと困ります!」

私のお目付役でもあるメアリーから、容赦《ようしゃ》のない叱責《しっせき》が飛ぶ。

確かに昨日走ったせいか、体中に鈍《にぶ》い痛みを感じた。

「そうか、これが筋肉痛……」

またも知識でしか知らなかったことだ。

痛みを感じる太ももをすりすりと撫《な》でる。

「足が痛むのでしたら、マッサージいたしましょうか？　少しは楽になりますよ」

「いいわ。それよりも午後になったら外出するから、馬車の用意をお願い」

不満げな顔のメアリーを尻目《しりめ》に、私は机に向かい手紙を書いた。

家を訪ねたいというお伺《うかが》いの手紙だ。是非《ぜひ》チェスの手合わせをしたいという内容を書き綴《つづ》り、封筒《ふうとう》に入れて封蠟《ふうろう》を捺《お》した。

モラン侯爵《こうしゃく》――――シアンに宛《あ》てた手紙だ。

私はその手紙を使用人に託《たく》し、かの家に走らせた。

普通貴族同士が家に訪問する際はこのように事前連絡《れんらく》するのが普通で、シアンのように夜中に突然《とつぜん》やってくるなどというのは異例中の異例なのである。

私は心配だった。私の屋敷に姿を見せなかった彼のことが。そして今頭の中にある疑念も、できることなら勘違《かんちが》いであると信じたかった。

果たして手紙の返事は、使いに出した使用人がその足で持って帰ってきた。

忙《いそが》しいので断る旨《むね》と謝罪が記された文面の手紙。しかしその筆跡《ひっせき》は、見覚えのあるシアンのったのだ。

私はその手紙を見なかったことにして、メアリーに宣言した通り馬車に乗って家を出たのだった。

ものではなかった。

訪《おとず》れるのが二度目となるモラン侯爵邸《てい》は、レンガ造りの壁《かべ》を蔦《つた》が這《は》いひっそりと静まり返っていた。

一度目は本当に幼い時だったので、懐《なつ》かしさは全く感じない。

今朝降っていた雨で庭木が濡《ぬ》れている。

御者《ぎょしゃ》の手を借りて馬車から降りると、小太りな執事《しつじ》が飛び出してきた。黒い髪《かみ》に、目つきの悪い男だ。もしかしたらダイール出身かもしれない。

その割に、彼は流暢《りゅうちょう》なリンドール語で言った。

「お断りの手紙をお出ししたはずですが」

「まあ。それでは行き違《ちが》いになってしまったのかもしれません。モラン侯爵はご在宅ではないのですか？」

「申し訳ございません。シアン様は昨夜より戻っておりませんで……」

（手紙には一応シアンのサインがあったというのに、執事はシアンが戻ってないという。これは一体どういうこと？）

私はあり得る可能性をいくつか挙げてみた。一つはこの執事が手紙の内容を知らず、真実を言っている場合。この場合シアンは行方《ゆくえ》不明ということになり彼の身が心配だ。

二つ目は執事が嘘《うそ》をついている場合。この場合シアンはこの家にいるが、何らかの理由で手紙を書けない状況《じょうきょう》にある。

三つ目は――シアンこそがアーヴィンを襲《おそ》うよう命じた首謀者《しゅぼうしゃ》である場合。そして執事に命じて私を追い返そうとしているのであれば、執事の態度もまあ説明できなくはない。

それらはどれも楽しい想像ではなかった。

しかし手紙の筆跡が違うことで、三つめの可能性はほぼないと言える。

それにシアンが本当に首謀者であったとしたら、アーヴィンの襲撃《しゅうげき》に自分と繋《つな》がる可能性のあるダイールの暗殺者を使うとは思えない。

というわけで朝まで色々考えた結果、私はシアンが裏切っているという可能性をほぼ除外していた。

「それはおかしいですわ。昨晩シアン様は、一度家に戻るとお帰りになったのですよ？」

「そ、そうなのですか……しかし……」

執事の顔に狼狽《ろうばい》が浮《う》かぶ。

痛いところを衝《つ》かれたという狼狽だろうか。それとも本当に主人を心配している狼狽だろうか。

「それが本当だとしたら、シアン様の身が心配ですわ！　今すぐ城に願い出て捜索《そうさく》隊を出していただきましょう！」

こういう役を演じていると思えば、人見知りの私でも人と会話するのがいささか楽だ。

さてどうするのかと執事の顔色を窺《うかが》っていると、彼は私の提案に動揺《どうよう》しきりで、言葉も出ない様子だった。

とにかくこうしていても仕方ないかと背を向けた瞬間《しゅんかん》、侯爵家の中から聞き覚えのない声が聞こえてきた。

「なんです？　騒々《そうぞう》しい」

それは蜜《みつ》のように甘い声だった。

流し込まれた蜜が頭に回って、やがては死に至る毒のような声。

声の主を見るために振《ふ》り返ると、執事から数歩離《はな》れたところに黒いドレスの女が立っていた。

上から下まで全《すべ》て黒。シアンと同じ色の髪を丁寧《ていねい》に結《ゆ》い上げ、飾《かざ》り気のない黒のトークハットでまとめている。黒のレースで顔を隠《かく》し、その裾《すそ》から覗《のぞ》く赤い唇《くちびる》が妙《みょう》に婀娜《あだ》っぽい。

「奥様……」

執事の言葉に、私は少し驚《おどろ》いた。一度も見たことはないが、彼女が前侯爵夫人だというのなら随分《ずいぶん》若い。顔がほとんど隠れているとはいえ、見た目はシアンとそう変わらないように見える。

「どちらのお嬢《じょう》さんかしら？　許可なく一人で他家を訪ねてくるなんて、随分と慎《つつし》みのない行いですこと」

彼女の言葉《ことば》遣《づか》いはとてもきれいなリンドール語だった。

スチュワートの言葉が本当だとするならば、彼女はこの国で相当の苦労をしたに違いない。

もとより異端《いたん》には厳しいお国柄《くにがら》だ。それはダイールについて書かれた書物が発禁処分になっていることからも読み取れる。

そして何より悲しく思えるのは、そのダイールが既《すで》に滅《ほろ》んでいるということだった。

彼女の故郷はもうどこにもない。紛争《ふんそう》によって散り散りになり周辺諸国に吸収されてしまっている。

前侯爵が亡《な》くなるよりさらに前のことだ。

彼女はその悲しみを隠すために未《いま》だに喪服《もふく》を身に着けているのではないか。私の脳裏《のうり》にふとそんな考えが浮かんだ。

夫のために喪《も》に服しているとしたら長すぎる。侯爵はもう何年も前に亡くなっているのだから。

「ご子息が行方不明だというのに、貴女《あなた》は心配ではないのですか？」

上手《うま》く受け流そうと思ったのに、口調が思わず喧嘩腰《けんかごし》になってしまったのは誤算だった。この家の人間が誰《だれ》も心配を露《あら》わにしないことが、私には不愉快《ふゆかい》だったのだ。

「……分かりました。話を伺いますわ。とりあえず中へ」

「奥様、しかし……っ！」

「お邪魔致《じゃまいた》します」

異論がありそうな執事には構わず、私は侯爵家の中に入った。

御者には合図を送り、先に公爵《こうしゃく》家へ戻《もど》ってもらう。

こうすることで執事は私を拒《こば》めなくなり、しぶしぶ道を空けた。

まだ日が高いはずなのに、侯爵家の中は暗くそして静かだ。

執事が先導し、その後に私が続いた。最後尾《さいこうび》を歩くのはモラン前侯爵夫人だ。序列で言えば自然な並びかもしれなかったが、夫人が私を逃《に》がさないようにしていると思えて仕方ない。

静かすぎる屋敷《やしき》に、じわりと恐怖《きょうふ》が滲《にじ》んでくる。まるで世界に私たち三人しか残されていないような錯覚《さっかく》。

ともすれば立ち止まりそうになる足を叱咤《しった》し、私は何食わぬ顔で歩き続けた。

ふと、階段の踊《おど》り場に掛《か》けられている肖像画《しょうぞうが》に目が留まった。

シアンに似ているけれど、彼より面差《おもざ》しは優《やさ》しく髪も茶色だ。

そして私は、この人に会ったことがある。

「お懐かしい……」

思わずその場に立ち止まると、後ろを歩いていた侯爵《こうしゃく》夫人が近づいてきた。

「夫をご存じで？」

「ええ……一度だけですが、チェスを指南していただいたことがあります。とてもお優しい方だったと記《き》憶《おく》しております」

「そうですか……」

甘いが完璧《かんぺき》すぎた彼女の声音《こわね》に、わずかに寂寥《せきりょう》のような響《ひび》きが混じる。

得体の知れない恐《おそ》ろしい存在のように思えた彼女が、それだけのことで急に人間らしく感じられた。

(彼女は侯爵を愛してらっしゃったのかしら？　国と国を隔《へだ》てた、明らかな政略結婚《けっこん》だというのに)

ベールに隠された彼女の横顔からは、それ以上の情報は何も読み取ることができなかった。


出《で》迎《むか》えられた時の不《ふ》穏《おん》な空気とは裏腹に、私は応接間に招き入れられた。

侯爵夫人の向かいに座り、執事がお茶とクッキーまで出してくる。

「懐かしいわ。旦那様《だんな》は確かにチェスがお好きだった」

どうやら生前の侯爵とチェスをしたという話が、思った以上に夫人の興味を引いたらしい。

私は花の香《かお》りがしないことを確かめてからお茶を飲み、夫人を疑っているわけではないけれどシアンが心配だという態度でいることに腐心《ふしん》した。

顔立ちが微妙《びみょう》に異なるからか、或《ある》いはベールで隠されているからなのか、夫人の感情は一向に読み取ることができない。

普通《ふつう》の人なら顔を見なくてもその声音で多少の情報が得られるものなのに、彼女のそれは常に一定でなんの感情も抱《いだ》いてはいない様子なのだ。

身に纏《まと》う喪服と一緒《いっしょ》で、虚空《こくう》のような黒。

他人の感情に人より敏感《びんかん》だという自覚のある私は、感情のない人もまた恐ろしいのだと、この時初めて知った。

「そうだわ。私とも一局どうかしら？　旦那様ほど上手ではないのだけれど……」

「奥様も嗜《たしな》まれるのですか？」

夫人の言葉に反応するように、執事《しつじ》がチェス盤《ばん》を運んでくる。

随分と年季の入ったチェス盤だ。おそらく前侯爵が使っていたものに違《ちが》いない。

「この国の言葉を覚えるよりも、駒《こま》の動かし方を覚える方が早かったわ。旦那様ったら、言葉が通じなくてもチェスはできるだろうって、会ったばかりの私にチェスを覚えるようにおっしやって……」

夫人の言葉に、初めて感情のようなものが浮かんだ。

それは懐《なつ》かしさというよりも、哀惜《あいせき》の強い響きだった。

彼女の中では今でも、侯爵を失った悲しみが生々しく残っているのだろう。

祖父を亡くしたばかりの私もまた、チェス盤を愛《いと》おしく思う気持ちが痛いほどよく分かった。

お祖父《じい》様と私を繋いでいたのもまた、このチェスという複雑な遊びだからだ。

「それでは、少しだけ──」

シアンのことは心配だったが、チェスをしている間なら夫人の気が緩《ゆる》むかもしれないという打算もあった。

彼がただ遊び歩いているだけで実家に戻っていないのか、あるいは実母である彼女に囚《とら》われて顔を出すことができないのか、それは分からない。

けれどそのどちらであるにせよ、私にはこの家で夫人を見張ることしかできないのだ。

スチュワートには無謀《むぼう》だと怒《おこ》られるだろうが、私はできることをしたかった。

生死をさまよっているアーヴィンのために、そして危険を冒《おか》して我が家まで来てくれたスチュワートのために、何より──シアンのために。

「あなたはチェスがお上手だそうだから、先手は譲《ゆず》ってね」

大抵《たいてい》どんなゲームであろうとも、基本先手の方が有利だということには変わりがない。

夫人は自らの前に白の陣営《じんえい》を、私はそれとは反対に黒の陣営を築いた。ポーン、ルーク、ナイト、ビショップ、クイーン、キング。マス目の上を自由に動く六種類十六個の駒たち。

子供の頃《ころ》から慣れ親しんだ、頼《たよ》りになる友人たちだ。

「懐かしいですね。侯爵と対戦させていただいた時には、わたくしが白でした」

一手目は定石通り、互《たが》いに自分から見て右から四番目にあるポーンを二つ前のマスに動かした。

自然と盤の中心で、白と黒のポーンが睨《にら》み合いになる。

これから白と黒の軍勢はそれぞれ、敵の陣地《じんち》を奪《うば》うために殺し合うのだ。

プレイしてみるとなかなかどうして、夫人は強かった。

定石とは違う手を打ってくるが、決して考えなしというわけではない。

夫人はしたたかで頭のいい人だ。物事のタイミングを計る度胸も持ち合わせている。

人見知りの私は直接言葉を交《か》わすよりも、どうやらチェスで戦った方が相手の深い部分を知ることができるみたいだ。

チェスは相手の思考を読むゲーム。相手が何を考えてその手を打ったのか、そしてその後どうするつもりなのか。想像して予測して相手の身になって、そうしてみて初めて勝利への道が開ける。

(面白《おもしろ》い……っ！)

それどころではないはずなのに、私はそのゲームにどんどんのめり込んでいった。

夫人の手は感情のない言葉よりもよっぽど雄弁《ゆうべん》だ。

そして時折、見覚えのある癖《くせ》がちらちらと手から生まれてくる。指す人は違っても、戦略はどうしてもゲームを教わった人に似るものだ。

「本当だ。侯爵と同じ手をお使いになるんですね」

「え?」

懐かしくて、思わず微笑《ほほえ》んでしまった。

冷静に見てみれば私の戦法だって、お祖父様が得意としていたそれに大きな影響《えいきょう》を受けている。人は死んでも、こうして何かを遺《のこ》していくのだろう。その人がいた証《あかし》がゼロになるなんてこと、本当はあるはずがないのだ。

「わたくしが侯爵とのゲームをよく覚えているのは、あの方が子供であるわたくし相手にちっとも手加減なさらなかったからなんです。時には嵌《は》め手まで使って、本気で勝とうとなさって……それがわたくし、とても嬉《うれ》しかったんです」

遥《はる》かに遠い記憶が、まるで昨日のことのように蘇《よみがえ》ってくる。

病弱で優し気な外見とは裏腹に、盤上《ばんじょう》での侯爵は優しくはあれど辛辣《しんらつ》だった。その頃使用人相手に勝ち越《こ》していた私はボロ負けで、悔《くや》しくて何度も再戦を申し込んだぐらいだ。

夫人の手は止まり、彼女は長々と黙《だま》り込んだ。

そして次に語り始めた時、私はもう彼女を虚空のような人だとは思わなくなっていた。

「そうですね。普段《ふだん》はお優《やさ》しいのにチェスのこととなると子供みたいで……。熱があるのにいくら休んでくださいと言っても休んでくださらなくて、旦那様をチェス盤の前から引き剝《は》がすのは大仕事でしたわ」

彼女の赤い口元にもまた、昔を懐かしむような笑《え》みが浮《う》かんでいた。

（二人は本当に、仲のいいご夫婦《ふうふ》だったのね……）

そう思った時だった。

花のような甘い芳香《ほうこう》。慌《あわ》てて手で口を覆《おお》ったが、遅《おそ》かった。目が霞《かす》んで、体に力が入らなくなる。顔に痛みを感じて、気付けばチェス盤に頭から倒《たお》れ込んでいた。

私たちが今まで作り上げてきたゲームが、一瞬《いっしゅん》にして水の泡《あわ》だ。

「だからこそ私は、ここでゲームを降りるわけにはいかないのよ……」

夫人の言葉を聞き終える前に、私の意識は黒い海の中に深く深く沈《しず》み込んでいったのだった。

『フラン、フランや』

『んー……メアリーもうちょっとぉ』

『起きておくれ可愛《かわぃ》いフラン。お祖父ちゃまがきたよ』

『おじい、ちゃま？　だめよ。〝へーか〟って呼びなさいっておかあしゃまが……』

『ははは、いいんだよ。フランはお祖父ちゃまと呼んでおくれ。儂《わし》の可愛いフラン』

『う――、わっ、本当におじいちゃまだ！　おじいちゃまちぇすやりましょ、今度こそフラン勝つのよ』

『そうかそうか、本当にフランはチェスが好きだな』

『うん、大好き！　あのねあのね、ちぇすをしているとあいてのかんがえてることがわかるのよ。おじいちゃまも、つかれているときはいじわるだし、かなしいときは少し打つのがゆっくりになるのよ！』

『ほう。そんなことまでわかってしまうのかい？』

懐かしい。

これは夢だ。

私がまだひきこもりになる前の、遠い遠い思い出。

お祖父様がお忍《しの》びで我が家にやってきて、昼寝《ひるね》をしていた私を抱《だ》き上げてくれた。

強い光。庭の芝《しば》の青さ。まだ生きていた番犬のルーク。

まだ難しいことは何も知らなかった。ただ覚えたてのチェスに夢中だった。

出会う大人出会う大人にチェスをせがむから、両親はとても困っていたっけ。

懐かしい懐かしい――――もう戻《もど》ることのできない夢。

『わかるわ！　おかあしゃまがうれしいのも、おとうしゃまがおつかれなのも、フランのことをきらいなひとのことも、全部わかるのよ』

当時の私は、チェスに夢中になると同時に、相手の思考を読むためにその癖やふとした仕草を読むことが自然と習い性《しょう》になっていた。

公爵家《こうしゃく》にやってくる人の心の中は様々だ。

その中には当然、醜《みにく》いものや悪いもの、恐《こわ》いものを持ち合わせている者も少なくない。

今ならばもう、人間とはそういう生き物だと割り切って考えることができるが、当時はそうではなかった。

騙《だま》そうとする相手には泣き、取り入ろうとする相手は嫌《いや》がって近寄ろうともしなかった。親に言いつけられて仲良くしようとする女の子たちも、好きにはなれなかった。そうして私はどんどん孤独《こどく》を深め、気付けばほとんど外に出なくなってしまっていたのだ。

自分が他人の感情に必要以上に敏感《びんかん》なのかもしれないと気付いた頃には、既《すで》に完全なるひきこもりになっていた。

つまりスチュワートの例の言葉がなくても、どうせいつかはひきこもっていただろうということだ。

両親が私に対して少し過保護なのも、その頃の過敏《かびん》さが彼らの脳裏《のうり》にあるからなのかもしれない。

『そうかそうか、フランは賢《かしこ》いんだなあ』

そう言いながらも、お祖父《じい》様の目には憐《あわ》れみのような色が滲《にじ》んでいた。

きっと私の将来のことを考えて、もう少し鈍感《どんかん》な方が楽に生きられるとでも言いたかったのかもしれない。

そしてお祖父様にもまた、人に言えないような苦悩《くのう》が沢山《たくさん》あったのだろう。

長きにわたり王座にいたお方だ。その心労は想像するに余りある。

私の頭を撫《な》でてくれた、大きな皺《しわ》だらけの手。

あの頃《ころ》はとても大きく感じられたのに、棺《ひつぎ》に納められたその手はとても小さくそして痩《や》せていた。

(貴方《あなた》の偉大《いだい》さに、私たちは追い付くことができるのでしょうか？　敢《あ》えて一人を指名せず自分たちで決めるよう言い残された、貴方のお心に報《むく》いることができるのでしょうか？)

この優しい世界にずっといたいのに、心はどんどん幼い自分から離《はな》れて大人になっていく。

(愛《いと》しいお祖父様。きっと貴方の望んだ方を国王に……っ)

夢なのに、涙《なみだ》が溢《あふ》れた。

心に強い意志の炎《ほのお》がともる。今まで逃《に》げ続けていた現実に、ちゃんと向き合わなければいけない時が来たのだ。


「――お……おい！」

声が聞こえた。

最初に感じたのは、頬《ほお》に当たる冷たくて硬《かた》い何かだ。

「お……ろ！　起きろって！」

肩《かた》にがんがんと強い衝撃《しょうげき》。

霞む目をどうにか開くと、そこは真っ暗な空間だった。

「え？」

「よかった……起きたのか」

聞き覚えのある声に、顔を上げる。どうやら私は、手足を縛《しば》られうつ伏《ぶ》せに寝《ね》かされているらしかった。

暗闇《くらやみ》に目が慣れてきて、ぼんやりとその人物の輪郭《りんかく》が見えてくる。

どうして目が霞むのかと思ったら、実際に泣いていたらしい。寝ていたところの床《ゆか》が少しだけ湿《しめ》っていた。

「急にうなされて泣き出すから、何かと思ったぞ」

必死の顔から取り繕《つくろ》うようにため息をついたのは、捜《さが》していたシアンだった。

彼は煉瓦《れんが》の壁《かべ》に背をつけて床に座っている。どうやら彼は手を縛られているらしく、足は投げ出しているが手は後ろ手に回したままだった。

「ここは……？」

「うちの食糧《しょくりょう》庫だよ。昨日から閉じ込められてたんだが、まさかお前まで捕《つか》まるとはな」

「とにかく、ご無事でよかったです。心配でご自宅に伺《うかが》ったんですよ」

そう言うと、一瞬シアンは目を見張った。

「まっ、まさか馬鹿《ばか》正直に玄関《げんかん》から入って捕まったのか？　それに一人で運ばれてきたが、うちにも一人できたとか言わないよな？」

「馬鹿とはなんです。馬鹿とは」

その返事を肯定《こうてい》だと理解したのだろう。シアンは咄嗟《とっさ》に立ち上がろうとして失敗し、前かがみになった。

「馬鹿を馬鹿って言わないでどうするんだ！　誰《だれ》か人に知らせるとか、親に言うとか、とにかく他《ほか》に何か方法があっただろう！　殺されるかもしれなかったんだぞ⁉　どうしてこんな無茶《むちゃ》をしたんだ！」

あまりの剣幕《けんまく》に、私の方が驚《おどろ》いてしまう。まるで規則に厳しいスチュワートみたいだ。

「本当にシアン様のお母様が犯人かどうかも分からないのに、下手なことを吹聴《ふいちょう》すればシアン様のお名前に傷がつくじゃありませんか」

「だっ、だからって時と場合があるだろうがっ。大体、お前が俺の名前をそこまで心配しなくたって……」

「あら。同じ王族ですもの。わたくしだって一応それなりの気遣《きづか》いはできますのよ」

「この期《ご》に及《およ》んで気遣いとか……。もういい。なんか逆に疲《つか》れるわ」

シアンが姿勢を戻したので、私は芋虫《いもむし》のように這《は》ってなんとか彼に近づくことができた。

「シアン様。手を出してください」

「は？」

「縛られているのでしょう？」

「そりゃそうだが……どうするつもりだ？」

シアンがあまりにも分かり切ったことを聞くので、今度は私の方が呆《あき》れる番だった。

「決まってるでしょう。嚙《か》み切ってここから出るんですわ！　二人一緒《いっしょ》に」

その言葉を聞いた時のシアンの顔を、私は多分一生忘れないと思う。

第五章◆侯爵家の悪夢

歯で荒縄《あらなわ》を嚙み切るというのは、思った以上に大変なことだった。

本に書いてあったから思いついたのだが、どうも物語というのは参考にならないものらしい。

「おい。大丈夫《だいじょうぶ》か？　あんまり無茶するな。お前はただでさえ……」

「ぷはっ。ただでさえ、なんですの？　女だとか貴族だとか、そんなこと今は関係ないでしょう。生きるためですわ。二人で助かるのです」

堅《かた》く縒《よ》られた縄《なわ》を、歯で少しずつ解《ほぐ》し細い繊維《せんい》を一本一本嚙みちぎっていく。

口は唾液《だえき》でべたべたになり、気の遠くなるような作業だ。顎《あご》は痛くなるし、うつ伏せで体を反っているから背中の筋肉が攣《つ》りそうになる。

「なにもそこまで必死にならなくとも……一応実の母だ。気が済めば俺たちを解放してくれるかもしれない」

「シアン様ともあろうお方が、随分《ずいぶん》甘い見通しを立てるのですね。わたくしの考えは逆ですわ。わたくしたちは多分、無事では済まない。生死の境をさまよっている、アーヴィン様のように」

「馬鹿な！　まさか母がそこまでするはずが……」

「ではどうして、実の息子《むすこ》であるシアン様がここに監禁《かんきん》されているのですか？　これはわたくしの予想ですけれど、ダイールの暗殺集団の話を聞いてお母様をお疑いになったシアン様は、それを直接お尋《たず》ねになったのではないですか？　アーヴィン様を襲《おそ》わせたのは、お母様なのではないかと――がぶっ」

「たっ、確かにお前の言う通りだ。母はしばらく大人しくしているようにと、俺をここに放《ほう》り込んだ。けれど母の目的が亡《な》き父の代わりに俺を王にすることならば、ほとぼりが冷めれば外に出す気にもなる。いや、そうしなければならないんだ。俺がいなくては、母の願いはかなわないのだから」

「うぐー、うぐぐぐ……ええ、確かにその通りです。亡き侯爵の血を引くシアン様を、殺すとは考えにくい。ですが、逆を言えば命さえあればそれでいいという見方もできます。お忘れですか？　ダイールの暗殺者は、花の香《かお》りがする特殊《とくしゅ》な薬を用いているという話を」

「それがなんだと……」

「それは恐怖《きょうふ》心をなくさせ人を思い通りに操《あやつ》るための薬です。昔ダイールの指導者は、その薬を用いて攫《さら》ってきた若者たちを死を恐《おそ》れぬ部隊へと作り変えた。彼らに自我という自我はなく、ただ人を殺すことにのみ特化した生きた屍《しかばね》であったと……」

「馬鹿な！」

「本当です。既《すで》に製法すらも失われたはずの、呪《のろ》われた薬です。そして侯爵夫人の意志を受けた暗殺者たちが、その薬を使っていたということは――」

「俺にも使うってのか？　まさか！　実の親子だぞ。いくらなんでもそこまで……」

「先ほどまでわたくしは、夫人とチェスで手合わせをしていました。決着はまだついていませんでしたけれど……。あの方は多分、目的のためなら手段は選ばないという覚悟《かくご》をなさっています。その証拠《しょうこ》に、最も強い力を持つクイーンですら、勝つために平気で犠牲《ぎせい》にしようとした。きっと自分すらも、既に捨てているのです。むしろそこまでの覚悟がなければ、シアン様を縛《いまし》めてこんなところに閉じ込めるなんてこと、するはずがない」

サクリファイスというのは、チェスのテクニックの一つだ。

敢《あ》えて相手に駒《こま》を取らせることで、自分の有利な展開へと持ち込むことを言う。ポーンなどを捨てることは容易《たやす》いが、クイーンを捨てるというのはなかなかに勇気がいることだ。なにせその手が相手に読まれていたら、自分に残るのはクイーンのいない更《さら》なる苦境なのだから。

しかし夫人は、涼《すず》しい顔でそれをやってのけた。その紅《あか》い唇《くちびる》に笑《え》みすら浮《う》かべて。

彼女は見た目通りのか弱い女性などではない。

不屈《ふくつ》の精神を持った、歴戦の戦士のような覚悟を持っている。

「母が……まさか……」

信じられないという態度を隠《かく》さないシアンにも、眼鏡の奥にはもしかしてという猜疑《さいぎ》の色が浮かんでいた。

この親子の関係を私は知らないが、実の息子ですら疑いを持ってしまうような部分を、あの人が持ち合わせているということなのだろう。

夫の遺言《ゆいごん》すら捻じ曲げて、シアンに国王を目指させていた彼女。

母国も夫も亡《な》くした彼女は、そこまでして今更《いまさら》一体何を手に入れようというのか。

「うぐ、んんんっ……。やった、解けましたわ」

「あ、ああ」

どれだけ時間がかかったのか、とりあえずシアンの手を縛めている縄を噛み切ることができた。

もう顎には力が入らない。よだれでべとべとの顔を拭《ぬぐ》うこともできないしひどい有様だ。

「待ってろ。今解いてやるから」

そう言うと、シアンは解放された両手で私の縄を解いてくれた。

手首と足首は擦《す》れて赤くなっている。縄で強く長時間縛められていたせいか、手足の指先がうっ血で青くなっていた。ここに私を閉じ込めた人は、どうやら情け容赦《ようしゃ》なく縄を結んでくれていたようだ。

「ひどいな、すまない……」

「いいえ」

手を握《にぎ》ったり開いたりする私を見て、シアンの表情はますます暗いものになった。

彼は私の手を取ると、赤く擦れた縄の痕《あと》をじっと見つめおもむろに唇を落とした。

「え？」

思ってもみない彼の行動に、一瞬《いっしゅん》頭が真っ白になる。

アーヴィンならまだしも、皮肉屋の彼がそんなことをするなんて信じられな過ぎて一瞬夢かとすら思う。

「――ありがとうフランチェスカ。無事にこの危機を脱《だっ》することができたら、永遠の忠誠を君に」

「なっ、突然《とつぜん》何をおっしゃるのですか！」

「俺の危機に助けに来てくれた勇敢《ゆうかん》な女性に、忠誠を捧《ささ》げたいと思うのはそれほどおかしいことか？」

こんな時にこんな場所で、真面目《まじめ》な顔でそんなこと言われても困る。

「と、とにかく今はそれどころではありませんわ。ここを出たら改めてお断りさせていただきます！」

「忠誠に拒否《きょひ》権などあるか！　まあいい。ここを出た後でというのには同意だ。早くこの狭苦《せまくる》しい食糧《しょくりょう》庫から出ることにしよう」

私たちはとりあえず問題を先送りにすることで合意に達し、協力して鍵《かぎ》のかかった木の扉《とびら》を蹴破《けやぶ》ることにした。

シアンは任せておけと言ったのだけれど、痩《や》せてひょろ長い印象の彼一人に任せておくのは気が引ける。

私たちはせーので思い切り扉に体当たりした。ぶつかること数度。

肩《かた》がひどく痛んだしドレスは目も当てられない状態になったが、扉は破れずとも蝶番《ちょうつがい》が運よく外れ、無事外に出ることができたのだった。

地上へと上る階段は、みしみしと音を立てて軋《きし》んだ。

手入れがおざなりらしく、据《す》え付けの燭台《しょくだい》でも蠟燭《ろうそく》が切れている。

「一体どういうことだ？」

シアンは怪訝《けげん》そうにしていた。

いくら当主だろうが家の隅々《すみずみ》まで把握《はあく》している貴族なんていない。それは家令、もしくは執《しつ》事《じ》の仕事だからだ。

私は昼間会ったばかりの執事を思い出した。

いい加減で頼《たよ》りなさそうな執事だった。

あの人物について尋ねようとすると、何かに気付いたらしく前を歩いていた彼が人差し指を口に押し当てていた。

しゃべるな、のジェスチャー。

そして彼がそうした理由は、私にもすぐわかった。

「これは……」

「血の臭《にお》いだ」

場所は一応地上とはいえ、おそらく使用人部屋の立ち並ぶ区画だ。等間隔《とうかんかく》に古びた木の扉が並んでいて飾《かざ》り気もない。

シアンの言う臭いがするのはその中の一室だった。

私も彼も特に臭いに敏感《びんかん》な方ではないけれど、間違《まちが》いなくその部屋だと見当がつくほどきつい臭いが辺りに漂《ただよ》っていたのだ。

「開けましょう」

ひそひそと、私はシアンに言った。

あたりはひっそりと静まり返っている。

どれくらい気を失っていたかは分からないが、おそらく時刻はすでに夜だろう。

早く外に出たい気持ちは勿論《もちろん》あったが、その前に何か夫人がアーヴィンを襲《おそ》わせた主犯だという証拠を見つけたいという欲《よく》が出た。

花の匂《にお》いだけでは、あまりにも弱すぎるのだ。

何かもっと、夫人を拘束《こうそく》できるぐらいの確かな証拠が欲しかった。

シアンはその時がきたら、咄嗟《とっさ》に母を庇《かば》うかもしれない。その時に私の証言だけでは、夫人の罪を立証するのは難しい。

新市街で出会った老人の証言も、どこまで信用してもらえるか。

貴族を罪に問うということはそれほどまでに難しく、慎重《しんちょう》にならねばいけない事案なのだ。

戸惑《とまど》うシアンをよそに、私は扉に耳をつけた。

中からは微《かす》かな物音すらなく、人の気配も感じられない。ただ鼻にツンとくる鉄臭《くさ》さ以外、部屋の中がうかがい知れる情報は何もないのだった。

おそるおそるノブを握ると、鍵がかかっていない。

深呼吸をして扉を開けると、そこには見るも無残な光景が広がっていた。

「ひっ……」

思わず喉《のど》が引きつった。

「誰《だれ》がこんなことを……」

部屋の壁《かべ》という壁。床《ゆか》という床は全《すべ》て血にまみれていた。そしてあちこちに、かつて人間であった物が倒《たお》れている。本に書いてあった通り黒ずくめで、全身刃物《はもの》に切り刻まれたかのように肌《はだ》と傷口が覗《のぞ》く。私は思わず口を押さえた。時間が経《た》って固まった血と、そして微かに混じる甘い花の匂い。

他《ほか》にも絵に描《か》かれていたのと同じ歪曲《わいきょく》したナイフが、あちこちに散らばっていた。

「どうやらここで、お互《たが》いに殺し合ったようですね」

なんとか冷静を保とうとするが、体はがたがたと震《ふる》えてしまう。それほどまでに異様な光景。薬によって錯乱《さくらん》し、殺し合いが始まったのだろう。こんな小さな部屋の中で、一体何人の人間が命を落としたのだろうか。遺体の数を数えようとしても、バラバラになっているものもあり正確な数は分からなかった。

（でも、これ……）

しかし、おかしなことが一つ。

それは黒い布の隙間《すきま》からはみ出た髪《かみ》が、リンドール人と同じ淡《あわ》い色をしているということだった。

私はてっきり、実行犯は夫人が故郷から連れて来たダイール人なのだと思っていた。しかしその身体的な特徴《とくちょう》からして、彼らはリンドール人である可能性が高そうだ。

どういうことだろうと呟《つぶや》く前に、その答えはシアンの言葉で明らかになった。

「馬鹿《ばか》なっ。リタ、ジョンソン、ベンジャミンまで……」

彼は服が汚《よご》れるのも構わず、その場に膝《ひざ》をついた。

その顔は動揺《どうよう》が露《あら》わで、普段《ふだん》の皮肉気な表情はすっかり鳴りを潜《ひそ》めている。

「お知り合い……なのですか？」

「……うちで雇《やと》っていた使用人たちだ。しかし何年か前に姿が見えなくなって、執事には金を持ち逃《に》げしたようだと説明されていた」

おそらくその執事が、夫人の命令でダイールの秘薬を使い使用人たちを暗殺者として仕立て上げたのだろう。何年か前にということは、夫人はそんなに前からお祖父《じい》様の死を予見して、シアンを国王にするべく準備を進めていたということだ。

その執念《しゅうねん》には、身震《みぶる》いがする思いだった。

覚悟《かくご》があるはずだ。彼女はとっくの昔に、悪魔《あくま》に魂《たましい》を売り渡《わた》していたのだから。

「とにかく外に出ましょう。全てが終わってから、ご遺体の埋葬《まいそう》を……」

私は膝を折ったままのシアンに言った。

ここで立ち止まっている暇《ひま》はない。いつ侯爵《こうしゃく》夫人の手の者が、食糧庫にいるはずの私たちの様子を見に来るか分からないのだから。

食糧庫からここにくるまで分かれ道などはなかった。つまり食糧庫に向かう者は必ずこの部屋の前を通るということになる。

ふと、部屋の隅に大きな鞄が置かれていることに気がついた。

しかし、確かめようとしたその時、恐《おそ》れていたことが起きる。

静まり返った廊下《ろうか》の向こうから、コツコツという足音が聞こえてきたのだ。

私は慌《あわ》てて開きっぱなしになっていたドアを閉めた。極力音を立てないように慎重に。あとは息を殺して、その何者かが廊下を通り過ぎるのを待つだけだ。

近づいてきた足音に気付いたのか、シアンも我に返り息を殺した。

どんどん足音が近づいてくる。屈《かが》んで鍵穴《かぎあな》から外を覗《のぞ》いたが、視界は暗く相手の服の色すら分かるかどうかは怪《あや》しいところだ。

(お願い！　気付かずに通り過ぎて……っ)

足音に合わせて、廊下が軋んでいるのが分かる。心臓がどくどくと脈打ち、その鼓動《こどう》が部屋の外にまで聞こえてしまうのではないかと思った。

きっと扉から離《はな》れていた方が危険は少ないのに、この距離《きょり》ではもう身じろぎもできない。それにあまりにも恐ろしすぎて、相手が通り過ぎるのを確認《かくにん》しなければ安心できそうになかったのだ。

私は目が乾《かわ》くのも無視して、必死に小さな鍵穴の向こうを覗き込んだ。

そして音が最も近くなった瞬間《しゅんかん》、鍵穴の前を何かが遮《さえぎ》り真っ暗になる。

永遠のように長い時。一瞬《いっしゅん》がいつまでも終わらないような感覚に陥《おちい》る。

すぐに通り過ぎると思っていた足音が部屋の前で止まった。鍵穴の向こうは遮られたまま。

そして鍵穴の向こうに、ノブを摑《つか》む男の手が見えた。

――腰《こし》が抜《ぬ》けるかと思った。

尻餅《しりもち》をつきながら、私は目の前の光景を見守る。

扉《とびら》を開けたのは、例の執事《しつじ》だった。

そして俊敏《しゅんびん》に駆《か》け寄ったシアンが、私を突《つ》き飛ばし執事の背後に回って腕《うで》で男の首を絞《し》めあげたのだ。

執事は情けない悲鳴を上げながら、バンバンとシアンの腕を叩《たた》いた。

衝撃《しょうげき》で吹《ふ》き飛んだのだろう。シアンの眼鏡が床に転がっている。私はそれを震える手で拾い上げると、こびりついた固い血をドレスの袖《そで》で拭《ぬぐ》った。

「お前が、お前が母さまを唆《そそのか》したのか⁉　母さまがおかしくなられたのはお前がきてからだアキル。母さまの同郷だと思えばこそ、多少のことは見逃《みのが》していたというのに！」

シアンの目には暗い炎《ほのお》が宿っていた。

やはり男はダイールの出身であったらしい。夫人の縁故《えんこ》で侯爵家に潜《もぐ》り込んだというところだろう。

男は息苦しいのかぶるぶると震えながら、口から唾《つば》を吐《は》き出した。

『――母親の同郷だって⁉　あんたもそうだろうが坊《ぼっ》ちゃんっ。涼《すず》しい顔でリンドール人みたいな顔してるんじゃねえよ！』

男の口から流暢《りゅうちょう》なダイール語が溢《あふ》れ出す。もうなくなってしまった国の言葉。おそらく、現場で老人が聞いた声というのも彼のものに違《ちが》いない。

「アキル……ッ！」

腕に力が籠《こも》ったのだろう。男の体が痙攣《けいれん》している。

「シアン様おやめになって、死んでしまいます！」

「こいつが死んだところでなんだというのだ！　この部屋の使用人たちもこの男が殺したようなものだ！」

「ウガァ！　ウババッ」

男の獣《けもの》めいた悲鳴が、狂気《きょうき》の部屋を更《さら》なる悲惨《ひさん》さで彩《いろど》った。

私は何を言っても無駄《むだ》だと思い、シアンの体に体当たりをする。彼はバランスを崩《くず》し、男は床に投げ出され動かなくなった。

「――何をする！」

「……もし本当にこの者が夫人を狂気に駆り立てたというのなら、そのことを証言させ法の裁きを受けさせねばなりません」

よろよろと立ち上がり、男の首筋で脈を確かめる。

（良かった。まだ生きてる）

私はスカートの裾《すそ》をびりびりに破いて紐《ひも》状にすると、捩《よじ》って縄《なわ》にし男の手足を縛《しば》り上げた。

「何をしている……」

シアンが啞然《あぜん》と私を見つめていた。

彼はゆっくりと立ち上がると、おそるおそる私の傍《そば》まで寄ってくる。

「万が一にも逃げられては困るので」

私たちの状態から考えて、この男の体を抱《かか》えて地上まで上がるのは不可能だ。ならば置いていくしかない。

本で読んだだけの知識だが、解《ほど》けない縛り方というのを覚えておいてよかった。絶対に使う日は来ないとメアリーは呆《あき》れていたが、人生とは分からないものだ。

作業が終わると、私はシアンに持っていた眼鏡を返した。

彼は少し嫌《いや》そうな顔をしたが、何も言わず黙《だま》って眼鏡を受け取り自らのハンカチで拭っていた。

そうして意識のない男の体といくつかの遺体を置き去りに、私たちはその部屋を出た。

アキルという男が来た方向に歩いていくと、再び木の階段にたどり着く。階段を上ると窓のある廊下に出た。窓の外はとっぷりと夜で、地面が近い。どうやら今までいた場所は、半地下に位置していたらしい。

屋敷《やしき》の中は静まり返っていた。本当ならいるはずの使用人の姿も見当たらない。

「アキルとそりが合わないものが、次々に辞《や》めていったんだ。俺もあまり家に寄り付かなかった。次期国王になろうと社交界に顔を出すので精一杯《せいいっぱい》で……母さまを一人にすべきじゃなかったのにっ」

母の凶行《きょうこう》に気付かなかった自分を、シアンは悔《く》いているようだった。

両親が揃《そろ》っていて、しかも貴族には珍《めずら》しく仲のいい夫婦《ふうふ》を親に持つ私には、きっと彼の痛みなんてわからない。

「悪夢のような夜だ。夢なら早く醒《さ》めればいい」

シアンがそう言うのも無理はない。

この家の住人ではない私ですら、背筋の悪寒《おかん》が止まらないのだから。

ダイールの生き残り。アキルが今後何を話すかで夫人の処分は大きく変わるだろう。アーヴィン以外にも、彼らの作り出した暗殺集団の被害《ひがい》に遭《あ》った者がいるのかもしれないのだから。

モラン侯爵邸《こうしゃくてい》を覆《おお》っているのはあまりにも深い、深すぎる闇《やみ》だ。

窓から差し込む月明かりを頼《たよ》りに、私たちは黙々《もくもく》と進んだ。

もうシアンは何も言わない。深く考えに耽《ふけ》っているのか、あるいは逆に考えることを止《や》めてしまったのかもしれなかった。

「あ……」

先にその明かりに気付いたのは、眼鏡のシアンではなく私の方だった。

真っ暗な屋敷の中に、唯一《ゆいいつ》明かりが漏《も》れている部屋がある。

その光に続く一本の道を、私たちはゆっくりと歩いた。途中《とちゅう》、何度も立ち止まりかけるシアンの手を引く。

彼の手は冷たく冷え切っていた。まるで氷でできた彫刻《ちょうこく》みたいだ。

「まだ終わりではありません。シアン様……あなた以外誰《だれ》も、彼女を救うことはできないのです」

私の囁《ささや》きは、闇の中に解けて消えた。

しばらく沈黙《ちんもく》があり、シアンの手がぎゅっと私の手を握《にぎ》り締める。

少し痛かったけれど、何も言わず彼の目を見つめた。

闇を含んだ緑の瞳《ひとみ》がわずかに熱を帯びる。彼を勇気づける言葉があればいいのにと必死で探したけれど、そんなものはなくて私はただその冷たい手を握り返すことしかできなかった。

ノックもせず部屋の中に入ると、夫人はシャンデリアの下で一人グラスに入った葡萄《ぶどう》酒を傾《かたむ》けていた。

夜は冷えるからなのか暖炉《だんろ》に火が入れられている。

揺《ゆ》らめく炎が彼女の横顔を怪しく照らし出していた。

「母さま……」

シアンが声を掛《か》けても、夫人は動揺《どうよう》するどころかこちらを見ようともしなかった。

ただグラスに注がれた葡萄酒を飲み干し、暖炉の炎を見つめながら言った。

「アキルも迂闊《うかつ》ね。あなたに逃《に》げられるなんて」

その口元には、微《かす》かな笑《え》みすら浮《う》かんでいる。

私は戦慄《せんりつ》した。彼女は己《おのれ》の凶行が息子《むすこ》に知られたことも、そしてその息子によって共犯者が身動きできなくなっていることも、全《すべ》て承知の上で取り乱しもせずに笑っているのだ。

喪服《もふく》を纏《まと》った儚《はかな》い外見とは裏腹の、あまりの豪胆《ごうたん》さ。

――この人を敵に回すのは恐《おそ》ろしい。

その時私は、心の底から彼女の存在を恐怖《きょうふ》した。

「母さま……いなくなった使用人たちを見つけました。すべては、貴女《あなた》が指示したことなのですか？」

「ええ、そうよ」

そう口にする瞬間《しゅんかん》、シアンはより強く私の手を握り締めた。

「アキルに誑《たぶら》かされたのではないのですか⁉　あの男に騙《だま》されたのでしょう？　母さまがそんなことをするはずがない。虫も殺せない貴女があんな――」

勢い込むシアンの言葉を、夫人は静かに遮《さえぎ》った。

「私が虫を殺さないのはね、シアン……」

息を呑《の》む。

彼女の言葉を、それ以上聞きたくないと思った。まるで耳から毒が流し込まれているようだ。

甘い声音《こわね》で、まるで天気のことのように彼女は人の生き死にを語る。己の異常さに微塵《みじん》の疑問も抱《いだ》かずに。

更にそれをシアンが聞いているのかと思うと、胸が潰《つぶ》れるように痛んだ。

「あれらが私の邪魔《じゃま》をしないからよ」

甘い囁きは言外に、邪魔をするのなら虫じゃなくても——人ですら殺しても構わないと言っているかのようで。

「聞いてはだめ！」

堪《こら》えきれず、私は叫《さけ》んだ。

「……国を失ったあなたの苦痛を、わたくしは理解できません。愛する夫を失った悲しみも……」

「理解してほしいとは思わないわ。小賢《こざか》しいお嬢《じょう》さん」

「でも、これだけは言わせていただきます。あなたは侯爵《こうしゃく》の信頼《しんらい》を裏切った！」

「笑わせるわね。シアンを裏切ってなんかいないわ。初めから何も知らせなかっただけよ」

ようやく、夫人はこちらに視線を向ける。その目には私を嘲《あざけ》るような色が浮かんでいた。何も知らない小娘《こむすめ》。視線が語る言葉はあまりに雄弁《ゆうべん》だ。

「いいえシアン様じゃない。わたくしが言っているのは前モラン侯《こう》のことです！」

「なにをっ」

今は亡《な》きモラン侯爵。私はその人に一度しか会ったことがない。モラン侯爵と夫人の間に何があったのか、そんなことは何一つ知らない。

けれど――……。

「サクリファイスは、自分の駒《こま》を殺すことじゃない！　侯爵が得意としていたサクリファイスは、キングを守るために敢《あ》えて他《ほか》の駒を犠牲《ぎせい》にする手法です！」

「だから犠牲も厭《いと》わなかった！　必要な犠牲だったのよ。第一王子でありながら顧《かえり》みられなかったあの人の無念を晴らすには！」

パリンとグラスの割れる音がした。

夫人が立ち上がり、憎《にく》しみを込めた目で私を見つめている。

「顧みられなかったなんて、誰が決めたんですか！　あなたの勝手な思い込みです。陛下はモラン侯を愛していらっしゃった！　少しでも生きながらえてほしかったから、重圧のかかる王太子に選ばなかったというのに！」

「馬鹿《ばか》なっ」

「馬鹿はあなたです！　陛下は何度も、家臣たちから立太子を迫《せま》られていました。それでも決してその席を埋《う》めようとなさらなかったのは、いつかモラン侯の病気が治ると信じていたからです。公爵《こうしゃく》の爵位《しゃくい》を与《あた》えなかったのも、余りに高い爵位では侯爵の負担になると考えればこそ――」

「そんなのは詭弁《きべん》よ！」

夫人がテーブルを叩《たた》く。弾《はじ》けるような音。けれど言葉を止めることはできなかった。

「詭弁ではありませんわ！　だってサクリファイスがお得意なのは、陛下も一緒《いっしょ》でしたもの！」

私がずっと言いたかったこと。

お祖父《じい》様は自分の得意な戦法を悟《さと》られないよう、いつも慎重《しんちょう》に隠《かく》してらっしゃった。だからこれを知っているのは、手紙で誰よりも多く対局してきた私だけだろう。

サクリファイスは一種の嵌《は》め手。予《あらかじ》めそれをすると警戒《けいかい》されていれば、その効果は半減してしまう。

だからお祖父様は自分の好きな戦法を公言なさらなかったし、相手によって器用に戦法を変えていた。

けれど実際に観戦できなくても、家の中でスコアばかり眺《なが》めていた私は知っている。

お祖父様の得意な戦法が侯爵のそれと一緒であること。そして二人のチェスの癖《くせ》が、似通っているということも。

(きっとチェスは、お祖父様が自ら侯爵に教えたのよ。そうでなければこんなにも、プレイスタイルが似ることとなんてない)

お祖父様は侯爵に期待していた。けれども侯爵の体はどんなに手を尽《つ》くしても、生きながらえることだけで精一杯《せいいっぱい》だった。

決して表には出さなかったけれど、お祖父様も苦しんだことだろう。

侯爵亡き後も立太子をなされなかったのは、そのことの表れかもしれない。

「そんなはず、そんなはずないのよ……私のような言葉の通じない女まで押し付けられて」

「あなたの国は薬学が進んでいることで有名だった。陛下はあなたに期待していたんだと思います。異国の技術ならば、あるいは侯爵を救えるかもしれないと……」

「そんな、そんなはずない！　そんな馬鹿なこと、あるはずが……」

夫人はそれ以上、何も言い返しては来なかった。

ただ体を折って泣き伏《ふ》せるばかりで。

立ち尽くしていたシアンがそっと母に寄り添《そ》う。

私は重くやりきれない気持ちを抱《かか》えたまま、二人を残してそっと部屋を後にした。

エピローグ✦王冠の行方

結局その日は、私を心配して迎《むか》えに来ていた公爵家の馬車に乗って帰った。

全身ぼろぼろの有様を御者《ぎょしゃ》は驚《おどろ》いていたけれど、このことは誰《だれ》にも話さないよう厳しく命じた。

侯爵家には間違《まちが》いなく処分が下されるだろうが、後のことはシアンの手に委《ゆだ》ねたかったからだ。そのためには下手なところから情報が漏《も》れてしまっては困る。

家に帰ると、心配して寝《ね》ずに待っていたメアリーに驚かれ怒《おこ》られ泣かれた。けれどその記憶《きおく》はおぼろげだ。

なぜなら私は自宅についた安堵《あんど》で、その日から三日ほど熱を出し寝付《ねつ》いてしまったので。

意識がはっきりとしたのは四日目の朝だった。

そこから療養《りょうよう》すること更《さら》に三日。

その間に一度、謹慎《きんしん》が解けたらしいスチュワートが私を訪ねてきた。

名目がお見舞《みま》いとはいえ、未婚《みこん》の娘《むすめ》が寝室《しんしつ》に男性を招き入れるなんてひどくはしたない行いだ。勿論《もちろん》面会の手紙は断った。まだ立って移動する気力も、いつも厳しいスチュワートと向かい合う勇気も、回復してはいなかったから。

しかしスチュワートはやってきた。

この国の王子で、王位継承《けいしょう》の最有力候補である彼を追い返す勇気は、私にはなかったのである。

ベッドから体を起こしただけの私を見て、スチュワートはようやく遠慮《えんりょ》だとか配慮《はいりょ》という概《がい》念《ねん》を少しだけ思い出したらしかった。

彼は少しだけたじろいだ後、それを隠すかのようにこう言った。

「そ、息災か？」

おそらくそうでないことは見て分かるはずだが、一応心配して来てくれた人に嫌《いや》みを返すほど私も子供ではない。

「おかげさまで、もう大分回復しました。医者も床上《とこあ》げは近いと」

そう言うと、スチュワートは目に見えてほっとした様子だった。

いつも堅苦《かたくる》しい顔をした人だけれど、最近は少しずつその感情が分かるようになってきた気がする。

「今日は……礼を言いに来た……。私の疑いを晴らすために、奔走《ほんそう》してくれた君に」

私は驚いた。

てっきり余計なことをするなと、怒られるものだと思っていたのだ。

「驚きましたわ」

なので思わず、正直にそう言ってしまった。

「……私が、窮地《きゅうち》を救われて礼も言えないような男だと?」

彼は不服げに言うが、今までの私に対する態度を思えば仕方のないことのように思えるのだが。

「いいえただ——無茶《むちゃ》はするなと何度も念押ししてらっしゃいましたから、てっきり怒りにいらっしゃったのかと……」

最後に会った時、彼は私に何度もそう念を押した。

しかし私はその忠告を聞かず、結果として寝込んでしまったわけで——。

もう一度同じことがあったら私はまた同じように行動するだろうが、だからといって忠告を無下にしたのは申し訳ないと思っている。一応。

するとスチュワートは大きなため息をつき、衝動《しょうどう》をこらえるように頭を抱えた。彼の指の隙《すき》間《ま》から、光る銀糸が零《こぼ》れ落ちる。

「怒ってないわけがないだろう。いくら真実を明らかにするためとはいえ、もう少しで死ぬところだったんだぞ!?　お前がもし死んでいたら、私は……」

「わたくしにもし何かがあっても、それはスチュワート様のせいではありませんわ。わたくしの行ったことは全《すべ》て、わたくしの責任です」

「そういう問題ではない！」

彼を安心させるためにそう言ったのに、怒鳴《どな》り返されてしまった。

「お前は私が……自らの責任になることを恐《おそ》れて小言を言うような小物だと？」

色素の薄《うす》い目にぎろりと睨《にら》まれ、肉食獣《にくしょくじゅう》に追われる草食動物の気持ちになった。結局私の言動は、いつも彼を怒らせてしまうようなのだ。

彼がベッドに近寄ってきたので、私は身じろぎをした。

上体を起こしているだけの今の状態では、スチュワートの怒りを買ったとしても逃《に》げ場がない。

まさか回復したばかりの病人に手を上げるとも思えないが、スチュワートの行動はいつも読めないところがあるのでそれが恐ろしいのだ。

彼はベッドのヘッドボードに手をつくと、硬直《こうちょく》する私の顔にその美しい顔を近づけて言った。

「あんまり無茶をするようなら、夫として我が屋敷《やしき》に一生閉じ込めてもいいんだぞ？」

押し殺したような恐《こわ》い脅《おど》しに、私は料理されるのを待つ子ウサギのようにぶるぶると震《ふる》えた。

普段《ふだん》なら何か言い返したかもしれないが、スチュワートの目にからかいとは違《ちが》う熱があるような気がして。

それを指摘《してき》してしまったら、何かが変わってしまいそうで恐かったのだ。

結局スチュワートは、私のことを十分に怯《おび》えさせたかと思うと、少しして動揺《どうよう》したように部

屋を出て行ったのだけれど。

「結局、お礼を言いに来ただけだったのかしら？」

その後しばらく、私は彼の真意が分からず首を傾《かし》げる羽目になってしまった。


メアリーのお小言を聞き流しながら、城へ向かうための準備を整える。

「お嬢様《じょうさま》は本当に、ずっと家にいらして外のことをよく存じてらっしゃらないのですから、そのことを肝《きも》に銘《めい》じておいてくださいませんと!!!」

この六日間、何度この言葉を聞いただろう。

主人に対して言い過ぎだと思わなくもないけれど、メアリーの目は泣きはらした赤い色がようやく薄れてきたところで、それを見ると私はなにも言えなくなってしまうのだ。

「分かってるわ。今後一人で出かける時は十分に注意します。それよりも、三日前のことはちゃんとお父様に黙《だま》っておいてくれた？」

「もうっ、本当に分かってらっしゃるのですか!?　お嬢様を心配する旦那《だんな》様と奥様に、言い訳をするのがどれほど大変だったか！　まあ、今宮廷《きゅうてい》は大混乱だそうで、旦那様が出仕したっきりなかなか戻《もど》られないからよかったものの……」

大混乱――そう。侯爵《こうしゃく》夫人がアーヴィンを襲《おそ》わせたという事実が明るみに出たのだ。

シアンやスチュワート、更には貴族院がどのような対応を取ったのか気になることが山ほどあるが、家で寝付《ねつ》いていた私は詳《くわ》しい成り行きを何も知らない。

そして今日、私は城に行く。

あの事件があってから初めて、後継者《こうけいしゃ》会議が行われるという知らせが届いたからだ。

当然メアリーは不服そうにしている。病《や》み上がりなのに、まだ外に出るのは早いと。

それでも私はそれを押し切って、登城を決めた。

お祖父《じい》様の国がこれからどうなっていくのかを、ちゃんと見定める義務が私にはあるはずだから。


いつものように王族専用の入り口から城に入ると、通い慣れた大広間に案内される。

会議が中断されてしばらく経《た》つためか、いつものような野次馬《やじうま》の姿はなかった。

到着《とうちゃく》は私が最初のようだ。誰《だれ》もいない広間は静まり返っている。

私は手近な椅子《いす》に腰《こし》かけ、光が降り注ぐ吹《ふ》き抜《ぬ》けの天井《てんじょう》を見上げた。

（……次期国王は最初から難題を背負わされることになるわね）

ここ数日、考えてしまうのは王国の今後についてだった。

なぜならモラン侯爵家のスキャンダルは、王国の歴史をひっくり返しても例を見ないほど強《きょう》烈《れつ》な出来事だ。ダイールという既《すで》に滅《ほろ》んでしまった国から輿《こし》入《い》れした姫《ひめ》ということで、残務処理は困難を極《きわ》めるだろう。

　その処理を担《にな》う新国王は、おそらくスチュワートになると予想された。

　アーヴィンの意識が戻ったという話は聞いていないし、シアンは今回のスキャンダルで論外だ。そして私は、今日の後継者会議でスチュワートを推薦《すいせん》するつもりだった。反対する者はいないだろう。

　しかし国王が決まれば万事《ばんじ》解決、というわけでもない。

　今回のことで疑いを掛《か》けられたスチュワートは、貴族院との間に大きなわだかまりを作ってしまった。一方では貸しを作ったともいえるが、スチュワートに負い目のある貴族院が、それだけで素直《すなお》に彼に従うとも思えない。

（なにか私にも、手伝えるようなことがあるといいのだけれど……）

　少なくともまた以前のような、ひきこもりに戻るつもりではなかった。微力《びりょく》だろうが、国のためになにか力になれればと思う。

　それが、お祖父様から女王候補になれという遺言《ゆいごん》を受け取った私の務めだと思うからだ。

　その時、大広間の扉《とびら》が音を立てて開いた。誰だろうと思ってそちらを見ると、やってきたのは予想外の人物だった。

「お久しぶりです。フランチェスカ様」

「なっ、アーヴィン様!?」

襲われて意識不明のはずのアーヴィンだ。

「もう起き上がって大丈夫《だいじょうぶ》なのですか!?　大変な怪我《けが》だと聞いていましたが……」

「はは。あまり寝《ね》ていては体が鈍《なま》ってしまう。長い眠《ねむ》りで筋肉も落ちてしまいました。また一から鍛《きた》え直しです」

そう言って、アーヴィンはささやかな笑《え》みを見せた。

確かに屈強《くっきょう》な肉体は、服の上からでも少し薄くなっているのが分かる。頬《ほお》はこけているし、顔色もいいとは言い難《がた》い。服の裾《すそ》から見え隠《かく》れする包帯に胸が痛んだ。元気に振《ふ》る舞《ま》っているが、万全《ばんぜん》の状態じゃないのは一目瞭然《いちもくりょうぜん》だ。

「十分に休まれませんと……。アーヴィン様は我が国にとって大切なお方なのですから」

「ありがとうございます。ですが休んでばかりもいられない。今は次期国王を決める大切な時です。新国王のためにも、私の意思を会議の場できちんと表明しておきたいのです」

無理をおしてやってきた理由は、なんとも彼らしいものだった。

スチュワートこそ国王に相応《ふさわ》しいと言っていた彼だ。友人に力添《ちからぞ》えするためわざわざ自ら城を訪《おとず》れたのだろう。

彼が伝言ではなく直接城に現れたことは、少なからず新しい国王にとってプラスに働くはずだ。

「それに、あなたに礼も言っておきたかった」

「わたくしに？」

なんだろうかと首を傾げた。

しかし答える前に、アーヴィンが私の手を取り体を寄せてくる。

そしてあっという間に、その唇《くちびる》が私の額に落ちていた。避《さ》ける暇《ひま》もなかった。

「……勇ましいお姫様に祝福を。また助けられてしまいましたね」

そう言って、無表情であることの多いアーヴィンが照れたように笑った。

「な……な……」

きっと、私の顔は真っ赤に染まっているはずだ。どくどくと鼓動《こどう》が飛び跳《は》ねて、上手《うま》く言葉も出てこない。

それにしても、私が事件解決に関《かか》わったということを知っている人はごく一部のはずなのに、どうして彼がそのことを知っているのだろうか。

「なにをしている！」

しかしそのことを追求する前に、次の人物が部屋を訪れた。

スチュワートだ。

彼はカツカツと音をさせて早足で私たちに歩み寄ると、無理矢理《むりやり》私とアーヴィンの間に割って入った。

「アーヴ、今何をしていた？」

それは、地を這《は》うように不機嫌《ふきげん》な声だった。

思わず、私は口から出かかった言葉を忘れてしまったほど。

それにしても、スチュワートの謹慎《きんしん》は無事解かれたらしい。私は彼の元気そうな姿に安堵《あんど》した。いささかやつれているが、顔色はそう悪くない。

「やれやれ、恐ろしいな」

そう言って、両手を上げたアーヴィンは椅子に座る。

次に私と目が合ったスチュワートは、慌《あわ》てたようにその視線をそらしてしまった。

アーヴィンがおやと眉《まゆ》を上げる。

それを誤魔化《ごまか》そうと、スチュワートはすぐさま口を開いた。

「アーヴ。元気そうで何よりだ」

「ああ、おかげさまで。お前も災難だったな」

「全くだ。私ならお前を暗殺などせん。正々堂々剣《けん》で戦う」

「それは随分《ずいぶん》と威勢《いせい》のいいことだ。しかしお前も家に籠《こも》りきりで、体が鈍ってるんじゃないか？　しばらくは俺と地道に基礎《きそ》練習だな」

「馬鹿《ばか》を言うな。この間まで生死の境をさまよっていたやつが何を言う。騎士《きし》団には団長が出仕してきても追い返すように言っておくからな」

「おいおい、勘弁《かんべん》してくれよ」

二人のどこか楽し気な応酬《おうしゅう》を、私は微笑《ほほえ》ましい気持ちで見守った。

この光景が、もう二度と見られなくなるところだったのだ。そんなのは悲しすぎる。アーヴィンが無事で、そしてスチュワートが解放されてよかったと、心の底から神に感謝した。

アーヴィンとスチュワート、そして私。

最後の投票はこの三人で行うのだろう。シアンが欠けてしまったのは少し寂《さび》しいが、彼の事情を考えればそれも仕方のないことだ。

（シアン……。今頃《いまごろ》どうしているかしら？）

ふと数日前に別れた彼のことを思い出していると、またも大広間にやってくる人物があった。

侍従《じじゅう》長のマリオかと思ったが、違《ちが》う。彼より随分長身の青年だ。

その顔を見た瞬間《しゅんかん》、私は驚《おどろ》きで言葉をなくした。

「フランチェスカ……久しぶりだな」

そう言って力なく笑うのは、たった今思い返していたシアンその人だった。

「そんな――大丈夫なのですか？　お母様は……」

聞きたいことは山ほどあったが、上手く言葉にすることができなかった。

もしかしたらもう二度と、会うことはできないかもしれないと思っていた相手だ。

彼が悪くないのは私が一番よく分かっているが、家を大事にする貴族社会で母の不祥事《ふしょうじ》を前に彼が無事に済むわけがないのだ。

私ははっとして、アーヴィンとスチュワートを振り返った。

彼らもシアンの事情を知っているはずだが、予想に反して怒《おこ》り出すようなことはない。

「やっと来たか」

スチュワートはどうやら彼の来訪を知っていたらしい。

「あれだけ叱咤《しった》激励《げきれい》されてはな。来ないわけには行かないだろう」

「後継者《こうけいしゃ》会議はまだ途中《とちゅう》だ。逃《に》げ出されてはたまらないからな」

シアンは苦笑《くしょう》し、スチュワートは生真面目《きまじめ》な顔のままだ。しかしいつも反目し合ってばかりの彼らからは考えられないほど、穏《おだ》やかな空気が流れていた。

アーヴィンも穏やかな顔で、私一人だけが蚊帳《かや》の外だ。

しかし、今気になるのはどうしてシアンがここに来たのかということよりも、あの後彼がどうなったのかということだ。

「大丈夫……なのですか？」

思わずそう尋《たず》ねると、シアンは疲《つか》れた顔で頷《うなず》いた。

「母は……貴族院主導の取り調べを受けている。おそらく、遠方の修道院に送られることになるだろう」

貴族憲章は貴族の死刑《しけい》を禁じている。つまりどれだけ重い罪を犯《おか》そうと、その罰《ばつ》によって貴族が殺されることはないのだ。

しかし修道院というのは、貴族の女性が送られる監獄《かんごく》としても機能している。王都近縁《きんえん》の修道院ならまだ行儀《ぎょうぎ》見習い程度の厳しさだと聞くが、遠方ともなると厳しい生活環境《かんきょう》の場所が多く、労働や戒律《かいりつ》によって雁字《がんじ》搦《がら》めの生活となる。

特に異教の出身である侯爵《こうしゃく》夫人には、厳しい処分となるだろう。

それが必要だと理解しながらも、シアンが母の身を案じているのが痛いほど伝わってきた。

しかし彼にそれを止める権利はないのだ。命が助かったとはいえアーヴィンは瀕死《ひんし》の重傷を負い、またシアンの家の使用人たちは薬によって操《あやつ》られた末に非業《ひごう》の死を遂《と》げたのだから。

「侯爵家は……どうなるのですか？」

勇気を出して尋ねると、それに答えたのはシアンではなくスチュワートだった。

「モラン侯爵家は、王族の一角を担《にな》う名門だ。新国王のためにも、なくなってもらっては困る」

「そうだな。シアン殿《どの》、苦しい立場だとは思うが、どうか堪《こら》えていただきたい。あなたに少しでも、悔恨《かいこん》の気持ちがあるのならば」

アーヴィンの言葉は、穏やかではあっても叱責《しっせき》や非難より厳しいものに感じられた。彼は自分を襲《おそ》わせた犯人の息子《むすこ》に、逃げるなと言っているのだ。それはきっと責任を取って一線から引くよりも、苦く厳しい判断に違いなかった。

シアンの顔が歪《ゆが》む。

「ええ……ありがとうございます。アーヴィン様。スチュワート様」

彼の心労は想像するに余りある。しかし一方で、スチュワートやアーヴィンの言葉は正論であり、むしろ寛大《かんだい》な処置だとも言える。

私が何も言えないでいると、大広間に侍従長のマリオが入ってきた。

彼はいつも通り、その手に投票用紙と投票箱を持っている。

会話は打ち切られ、私たちは居住まいを正した。

「それでは、本日の投票を行わせていただきます」

配られた四枚の紙。

まださっきまでの会話に心残りはあるが、まずは投票を済ませてしまわなければ。

久しぶりにペンを持つと、今までのことが感慨《かんがい》深く思い出された。

ようやく今日、後継者会議は終わるのだ。そしてリンドール王国には国王が生まれ、新しい時代を迎《むか》えることになる。

(お祖父《じい》様。私……候補に選ばれてよかったです)

初めは嫌《いや》で嫌で仕方なかった後継者会議だが、他《ほか》の候補たちと触《ふ》れ合うことで家にいては分からない、発見がいくつもあった。

勿論《もちろん》いいことばかりではなかったし、モラン侯爵家では怖《こわ》い思いもしたけれど——それでも振《ふ》り返ってみると、ひきこもっていた自分より今の自分の方が、少しだけ好きだと言える。

このお役目はきっと、お祖父様から最後に贈《おく》られたギフトだったのだ。鋭《するど》い手を打てた時、初めて引き分けた時、お祖父様はいつも贈り物をくださったから。

そうして私は、感慨深い思いでスチュワートの名を綴《つづ》った投票用紙を、投票箱に入れた。

開票。

今までは白紙ばかりだったけれど、今日はその全《すべ》てに名前が書かれているはずだ。

箱の中を確認《かくにん》したマリオは、冷静な目で私たちを見渡《みわた》した。

彼は静かに、投票用紙を読み上げていく。

「スチュワート様」

思った通りの名前。この歴史的な瞬間に立ち会えたことを、誇《ほこ》らしく思った。

ところがここから、投票は思いもよらない展開を見せる。

「――一票。フランチェスカ様三票で、次期国王――女王はフランチェスカ様に決定です」

「はあ?」

思わず変な声が出た。当然だ。

一体全体、どうして私が女王だというのか。

「おめでとうございます。フランチェスカ様」

「お祝い申し上げる。女王陛下」

「おめでとう……フランチェスカ」

順にアーヴィン、スチュワート、シアンの発言だが、私はそれらに返事をすることができなかった。

「あの、何かの間違《まちが》いじゃ……？　アーヴィン様！　それにシアン様も、スチュワート様に入れるっておっしゃいましたよね？」

「そのつもりだったのですが、より相応《ふさわ》しい方がいらっしゃることに気がつきまして」

（ああ、アーヴィン様いい笑顔《えがお》ですね。どうしてそんなに嬉《うれ》しそうなんですか？）

「俺は……言っただろう？　お前に忠誠を誓うと」

（頬《ほお》染めてなに言っちゃってるんですかシアン様？　いえいえそれ以前に、あなたは説明が足りな過ぎです！）

「私には聞かないのか。フランチェスカ嬢《じょう》」

（なんでちょっと不満そうなんですかスチュワート様！　理由以前にどうしてあなたまで私に投票しちゃうんですか！）

そう。私に三票入ったということは、この三人の男どもは漏《も》れなく全員私を女王に推薦《すいせん》したということだ。

初日に会った時にはあれだけ女王なんてありえないという態度だったのに、その変化の大きさに一人取り残されてしまう。

「とにかく何かの間違いです！　もう一度投票のし直しを……っ」

必死にマリオに訴《うった》えようとするが、彼は無慈悲《むじひ》にこう言い放った。

「不可能です。三票以上の得票がなければ選出されないのと同様に、条件を満たした得票があるのにその結果が覆《くつがえ》るということもまたあり得ません。我々王宮に仕える者達もまた、亡《な》きウィルフレッド一世陛下のご遺言《ゆいごん》に従い、フランチェスカ様を次期女王陛下としてお迎えいたします」

そうして綺麗《きれい》な動作で、公爵令嬢《こうしやくれいじよう》に対するものではなく膝《ひざ》を折って主君に対する忠誠を示す。

続々と椅子《いす》から立ち上がった三人もまた、戸惑《とまど》う私の前に膝を折った。

「女王陛下に忠誠を」

「忠誠を」

「忠誠を」

「忠誠を」

ぐわんぐわんと、体の中で鐘《かね》が鳴り響《ひび》いているようだった。何かとんでもないことが起こっているのは分かるのに、それを理解することを頭が拒否《きよひ》しているのだ。

(お祖父様！　一体どうしたらいいの!?)

動揺《どうよう》し切った私の絶叫《ぜっきょう》は、多分天国のお祖父様にまでも届いたんじゃないかと思う。

あとがき

初めましての方もそうでない方も、この本を手にして頂いてありがとうございます。

まずはこの本を出版するにあたり、関《かか》わってくださった方々に謝辞を。

お忙《いそが》しい中、納得《なっとく》がいくまで電話に付き合ってくださった担当様。そして素敵《すてき》な素敵な挿絵《さしえ》をつけてくださった梶山《かじやま》ミカ様。表紙のラフを見た時には鼻血を噴くかと思いました。その他《ほか》にも、デザイナーさん、営業の皆様《みなさま》や書店の方々、それに印刷所の方々。沢山《たくさん》の方々にご尽力《じんりょく》頂いてこの本ができたと思います。本当にありがとうございます。

『女王陛下と呼ばないで』は、別タイトルでネット上に連載していたところ担当さんにお声がけ頂きまして、こうして本の形になりました。ビーンズ文庫様から出させて頂く五冊目の本です。正直信じられません。夢ではないといいのですが……。

おっと、そういえば今回はあとがきスペースが少ないのでした。それでは皆さん、またお会いできる日を楽しみにしています。

柏《かしわ》てん

「女王陛下と呼ばないで」の感想をお寄せください。
おたよりのあて先
〒102-8078　東京都千代田区富士見1-8-19
株式会社KADOKAWA　角川ビーンズ文庫編集部気付
「柏てん」先生・「梶山ミカ」先生
また、編集部へのご意見ご希望は、同じ住所で「ビーンズ文庫編集部」
までお寄せください。

女王陛下《じょおうへいか》と呼《よ》ばないで

柏《かしわ》 てん

角川ビーンズ文庫　BB116-5　20520

平成29年9月1日　初版発行

発行者———三坂泰二
発　行———株式会社KADOKAWA
〒102-8177　東京都千代田区富士見2-13-3
電話 0570-002-301（ナビダイヤル）
印刷所———旭印刷　製本所———BBC
装幀者———micro fish

ISBN978-4-04-106041-4 C0193 定価はカバーに表示してあります。